Artemis Bibliothek

Jorge Amado

Der Gestreifte Kater und die Schwalbe Sinhá

Jorge Amado

Der Gestreifte Kater und die Schwalbe Sinhá

Eine Liebesgeschichte

Aus dem brasilianischen Portugiesisch
von Karin von Schweder-Schreiner

Mit Illustrationen von Carybé
und einem Nachwort von Eva Demski

Artemis & Winkler

Artemis Bibliothek
Herausgegeben von Franz-Heinrich Hackel

Die Deutsche Nationalbibliothek verzeichnet diese Publikation in der Deutschen Nationalbibliografie; detaillierte bibliografische Daten sind im Internet unter http://dnb.d-nb.de abrufbar.

Artemis Bibliothek
Erste Auflage 2007

Umschlagabbildung: Illustration von Carybé.
© Editora Record
Umschlaggestaltung:
Groothuis, Lohfert, Consorten/glcons.de
Druck und Bindung: CPI Books, Leck
ISBN 978-3-538-06332-7
www.patmos.de

»Zum Leben wunderschön
Wär diese Welt
Könnte es einst geschehen
Dass ein gestreifter Kater mit
Einer Schwalbe Hochzeit hält
Und beide flögen davon
Glücklich zu zweit
Für alle Zeit.«

(Lied und Philosophie des Volksdichters Estêvão da Escuna, der seinen Stammplatz am Mercado das Sete Portas in Bahia hat.)

Es war einmal vor langer, aber wirklich sehr langer Zeit, in allertiefster Vergangenheit, als die Tiere noch sprechen konnten, die Hunde mit Würsten angebunden wurden, Schneider Prinzessinnen heirateten und die Kinder vom Storch im Schnabel gebracht wurden. Heute wissen die Mädchen und Jungen schon über alles Bescheid, wenn sie auf die Welt kommen; sie haben es im Mutterleib gelernt, wo sie eine Analyse machen und jeder sich seinen Lieblingskomplex aussuchen kann: Angst, Einsamkeit oder Gewalt. Damals, in jener Zeit, trug sich eine Liebesgeschichte zu.

TAGESANBRUCH

Die Morgenfrühe kommt langsam und schläfrig näher mit drei Viertelstunden Verspätung, wie eine unzuverlässige Angestellte. Sie trödelt faul zwischen den Wolken herum, macht mühsam über dem Land die Augen auf, ach, wie schön wäre es, ohne Wecker zu schlafen, sich richtig auszuschlafen! Sollte sie einmal das Glück haben und einen reichen Mann finden, dann will die Morgenfrühe nie mehr vor elf Uhr aufstehen, wenn überhaupt. Vorhänge vor dem Fenster, damit das helle Licht nicht blendet, und im Bett frühstücken. Träume eines jungen Mädchens im heiratsfähigen Alter – aber das Leben einer kleinen Angestellten mit fester Arbeitszeit sieht anders aus. Schrecklich früh muss sie aufstehen und die Sterne löschen, die die Nacht aus Angst vor der Dunkelheit anzündet. Die Nacht ist ein Angsthase, sie fürchtet sich im Dunkeln.

Mit einem Kuss löscht die Morgenfrühe einen Stern nach dem anderen auf ihrem Weg in Richtung Horizont. Gähnend und noch halb im Schlaf, übersieht sie ein paar und vergisst sie zu löschen. Die Armen leuchten im Hellen weiter, vergeblich mühen sie sich, im Tageslicht zu funkeln, ein Jammer. Dann heizt die Morgenfrühe die Sonne an, eine anstrengende Arbeit, eine Aufgabe für Riesen, aber nicht für ein so zartes Mädchen. Sie muss in die Glut blasen, die während der Nacht verglommen ist, die erste Flamme zum Flackern bringen und sie am Leben erhalten, bis es hoch auflodert.

Allein würde die Morgenfrühe Stunden brauchen, um die Sonne zum Leuchten zu bringen, aber der Wind, ein berühmter Bläser, kommt ihr fast immer helfen. Warum nur muss der dumme Kerl immer behaupten, er wäre rein zufällig gerade vorbeigekommen, wo doch alle wissen, dass dies nicht zufällig passiert, sondern ganz beabsichtigt? Wer merkt denn nicht, dass der Wind heimlich in die Morgenfrühe verliebt ist? Heimlich? Alle Welt redet darüber.

Über den Wind gehen Gerüchte um, werden Verdächtigungen gemunkelt, durchtrieben sei er und frech, heißt es, ein Gauner, der gefährlich werden könne, wenn man ihm zu viel durchgehen lasse. Die üblichen Streiche des leichtsinnigen Burschen werden aufgezählt: Er löscht Laternen, Nachtlichter, Leuchter und Öllampen, um der Nacht Angst zu machen; den Bäumen raubt er ihre schönen Laubgewänder, so dass sie splitternackt dastehen. Schabernack von offenkundig schlechtem Geschmack. Doch so unglaublich es auch klingt: Die Nacht seufzt sehnsüchtig, wenn sie ihm begegnet, und streicht er durch den Wald, wiegen sich die Baumkronen voller Freude. Schämen sollten sie sich.

Am liebsten spielt der Wind den Frauen einen Streich: Er fährt ihnen unter die Röcke und hebt sie hoch, um sie mutwillig zur Schau zu stellen. Ein Trick, der in alten Zeiten garantiert Erfolg hatte, Gelächter, begehrliche Seitenblicke, verhaltene Ausrufe der Gier, begeisterte Ahs und Ohs hervorrief. In alten Zeiten, denn heute hat der Wind mit derart reizlos gewordenen Vorführungen keinerlei Erfolg mehr: was auch zur Schau stellen, wenn alles sichtbar ist und man umso weniger sehen will, je mehr gezeigt wird? Wer weiß, vielleicht werden die kommenden Generationen gegen das Sichtbare und leicht Erreichbare kämpfen und auf Demonstrationen und Kundgebungen nach dem Verborgenen und Schwierigen verlangen?

Ein bisschen verrückt ist er schon, ja, wir wollen die Fehler des Windes nicht bemänteln. Aber warum nicht auch von seinen unleugbaren Vorzügen sprechen? Fröhlich ist er, agil, ein gefeierter und vielgerühmter Tänzer, liebenswürdig und stets hilfsbereit, vor allem, wenn es sich um Damen und junge Mädchen handelt.

Und mag es noch so früh und noch so kalt sein, ganz gleich, wo er sich befindet, bei Tagesanbruch kommt er über ferne, steile Wege und ist im Haus der

Sonne zur Stelle, um der Morgenfrühe zu helfen. Er bläst und bläst mit seinem unermesslich großen Mund. Kaum aber lodern Flammen aus der Glut, überlässt der Wind es der Morgenfrühe, die Flamme mit dem Brisenfächer anzufachen, und fängt an von Abenteuern zu sprechen, von Dingen zu erzählen, die er auf seinen Wegen ohne Ziel erlebt hat: von verschneiten Berggipfeln hoch über den Wolken oder von Abgründen, so tief, dass die Morgenfrühe sie niemals erblicken könne.

Der Wind, geschwätzig und tollkühn, König der Wandersleute, der über Grenzen setzt, Weiten durchdringt, Verstecke durchstöbert, trägt einen Schultersack voller Geschichten für alle, die zuhören wollen und lernen.

Die Morgenfrühe, immer versessen auf eine gute Geschichte, verspätet sich noch mehr, sie lauscht den Erzählungen des Windes von bald lustigen, bald traurigen, mitunter langen Begebenheiten, die sich hinziehen wie ein Fortsetzungsroman. Da sie von Arbeit wenig hält, gibt sich die Morgenfrühe verzückt dem Zuhören hin. Sie strahlt, ist bedrückt oder in Tränen aufgelöst – je ergreifender, desto besser ist die Geschichte – und stürzt die Uhren in heillose Verwirrung, so dass sie den Rhythmus ihrer Pendel und Zeiger bremsen müssen, damit sie, wenn die Morgenfrühe endlich kommt, Punkt fünf Uhr anzeigen. Viele Uhren haben darüber den Verstand verloren und nie wieder die richtige Zeit angezeigt, sie gehen vor oder nach, oder verwechseln die Nacht mit dem Tag.

Andere sind ein für allemal stehen geblieben. Eine weltberühmte Uhr, die am Turm der weltberühmten Fabrik hing, in der die weltberühmten Uhren (die pünktlichsten der Welt) hergestellt werden, und die sogar Olympiasieger in Zeitgenauigkeit war, hat sich an ihren Zeigern aufgehängt und das Leben genommen, weil sie die Trödelei der Morgenfrühe und die allgemeine Verzögerung bei der Produktion nicht mehr ertragen konnte. Es war eine Schweizer Uhr von beispielhaftem Verantwortungsbewusstsein und maßlosem industriellen Patriotismus.

Nicht nur die Uhren, auch die Hähne verloren den Kopf, sie kamen mit dem Krähen durcheinander und kündigten schon das Erscheinen der Sonne an, während die Morgenfrühe sie noch anheizte und dabei dem Redeschwall des Windes lauschte. Mutlos geworden, ließen sie ihre Kämme hängen. Die Uhren und die Hähne erstatteten Anzeige bei dem Herrn der Zeit – ihrer aller Gebieter – mit einer Beschwerde in acht Punkten und mit sechsundzwanzig unwiderlegbaren Argumenten, aber der Herr der Zeit scherte

sich nicht viel darum, denn die Zeit ist unendlich; ob eine Stunde mehr, ob eine Stunde weniger, das ist nur dummes Zeug und nicht der Mühe wert, sich darüber Sorgen zu machen, wenn man die Ewigkeit vor sich hat. Aber eine Abwechslung in der Eintönigkeit, das konnte es sein. Außerdem verheimlichte der Herr der Zeit nicht, dass er eine gewisse Schwäche für die Morgenfrühe hatte. So heiter und inkonsequent, jung und leicht übermütig, wie sie war, mit wenig Sinn für Regeln und Gesetze, ließ sie ihn für ein paar Augenblicke die äußerst lästige Ewigkeit und seine chronische Bronchitis vergessen.

Dieses Mal jedoch überschreitet die Bummelantin sämtliche Toleranzgrenzen. Der Wind hat versucht, die lange Geschichte in zwei oder drei Abschnitte zu teilen, aber sie will die Erzählung vollständig und in allen Einzelheiten bis zum letzten Ereignis hören. Als sie sich verabschieden, steht die Sonne schon in voller Glut.

In weißes, mit blauen und roten Blumen gesprenkeltes Licht gekleidet wandert die Morgenfrühe geistesabwesend und versonnen zwischen den Wolken dahin und denkt über die Geschichte nach, die der Wind ihr gerade erzählt hat. Verträumt und leicht melancholisch sinniert sie über Einzelheiten. Ein gewählter Schriftsteller spräche von Gefühlsverwirrung.

Sie wünscht sich, sie wäre jemand anderes und nicht die Morgenfrühe mit ihren strikten Verpflichtungen, dann könnte sie sich in den Gefilden der Morgendämmerung ausstrecken und über die

Absichten des Windes nachdenken. Warum hat er sich gerade diese Geschichte ausgesucht? Soll sie eine Lehre daraus ziehen können? Oder hat der Wind sie ihr nur erzählt, weil sie ihm gefiel, ohne weiteren Grund? Die Morgenfrühe hat den Verdacht, dass der verschleierte Blick ihres Freundes, sein unerwarteter Seufzer am Ende seiner Erzählung als Hinweise auf eine bestimmte Absicht, einen geheimen Grund zu verstehen waren.

Ist der Wind heimlich in sie verliebt, wie die Klatschbasen tuscheln? Will er um ihre Hand anhalten? Den Wind zu heiraten ist keine schlechte Idee, obwohl der Morgenfrühe ein Millionär lieber wäre. Der Wind könnte ihr helfen die Sterne zu löschen, die Sonne anzuheizen, den Tau zu trocknen und die Blüten der Mittagsblume zu öffnen, die die Morgenfrühe aus schierem Trotz und Eigensinn jeden Tag schon zwischen halb zehn und zehn aufgehen lässt. Wenn sie den Wind heiratete, könnte sie mit ihrem Mann durch die weite Welt reisen, über die höchsten Berggipfel fliegen, in ewigem Schnee Ski laufen, über den grünen Rücken des Meeres gleiten, auf den Wellen springen, in den unterirdischen Höhlen Rast machen, in denen die Dunkelheit sich während des Tages zum Ausruhen und Schlafen versteckt.

Sollte der Wind, dieser freie, unstete Bursche, dieser eingefleischte Junggeselle, wirklich ans Heiraten denken? Nach Dutzenden zählt man die Liebschaften, Verhältnisse, Abenteuer und Skandale, in die er verwickelt gewesen ist. Von Entführungen, Verfolgungsjagden, wutentbrannten Ehemännern und Racheschwüren weiß man zu berichten. Die Morgenfrühe schüttelt den Kopf: Der Wind denkt nicht die Spur ans Heiraten, er hat ganz andere Absichten, schändliche Absichten, wie man zu jener rückständigen und spießigen Zeit sagte.

Trotzdem ist es schön zu träumen. Versunken in derlei Gedanken träumt die Morgenfrühe vor sich hin und vergisst darüber die Zeit. Die Uhren, allesamt stehen geblieben, warten; die Hähne haben sich allesamt heiser gekräht, so lange schon kündigen sie die Sonne an, doch wo bleibt die Sonne? Vom Krähen der Hähne wachen die Menschen auf, vergewissern sich mit einem Blick auf die Uhren, dass es Punkt fünf ist, und stellen anschließend fest, dass die Sonne nicht da ist. Am Himmel zieht sich das schummrige Licht der Morgendämmerung über die graue Schleierschleppe

der Nacht. Ist das Ende der Welt gekommen? Unerhörtes Entsetzen breitet sich aus.

Nach so vielen Beschwerden und angesichts so großer Verspätung sieht der Herr der Zeit sich gezwungen, mit der Morgenfrühe zu schimpfen, und doch verbirgt sich, als er sie zur Ordnung ruft und ihr mit Strafe droht, hinter seiner ernsten Miene, zwischen Bart und Runzeln, ein verständnisvolles Lächeln. Zwitschernd wie ein Vogel gesteht die Morgenfrühe die Wahrheit: »Der Wind hat mir eine Geschichte erzählt, Vater. Und überm Zuhören habe ich die Zeit verpasst.« »Eine Geschichte?« fragt der Herr der Zeit erwartungsvoll, denn er ist immer auf Neues aus, das ihm die Last der Ewigkeit leichter macht, diese verfluchte Ewigkeit! »Erzähl sie mir, und wenn die Geschichte wirklich gut ist, will ich dir nicht nur verzeihen, sondern dir auch noch eine blaue Rose schenken; solche wuchsen vor vielen Jahrhunderten, heute findet man sie nicht mehr, denn alles hat sich verändert, meine Tochter, alles hat sich verschlechtert, nichts ist mehr so wie früher, mit den schönen Dingen im Leben ist es aus und vorbei, ach ja!« Er sehnt sich nach Altvergangenem, der Herr der Zeit.

Die Morgenfrühe setzt sich dem Meister zu Füßen, schüttelt den Saum ihres Lichtkleides und beginnt zu erzählen. Mitten in der Geschichte schläft der Herr der Zeit ein, aber die Morgenfrühe spricht weiter, denn während sie die Erzählung entwickelt, meint sie die zärtliche Stimme des Windes zu hören und sieht den flehentlichen Ausdruck in seinem Schelmenblick. Der Wind, dieser rastlose Vagabund, wo mag er sein? In welchem Erdenwinkel herumschnüffeln, Bäume entblättern, Wolken treiben, die Regenwolke in wilder Jagd über den Himmel hetzen, um sie schließlich über der grünen Weide zu Fall zu bringen? Sehr vertraute, allzu vertraute Gefährten sind der Wind und die Regenwolke auf ihren Streifzügen. Wirklich nur Gefährten? Plötzlich besorgt, runzelt die Morgenfrühe die Stirn.

KLAMMER

(Die Geschichte, die die Morgenfrühe dem Herrn der Zeit erzählte, um dafür die blaue Rose zu bekommen, war die Geschichte von dem Gestreiften Kater und der Schwalbe Sinhá; sie hatte sie vom Wind gehört, der sie ihr mit geheimnisvoller Miene und klagender Stimme vorgesäuselt und ein paar Mal dazu geseufzt hatte. Ich gebe sie hier wieder, weil ich sie von dem berühmten Frosch Cururu gehört habe, der inmitten von Moos hoch oben auf einem Felsbrocken am Ufer eines Brackwassersees in unwirtlicher, trostloser Landschaft lebt. Der ehrwürdige Frosch Cururu, ein alter Bekannter des Windes, hat mir die Sache zum Beweis für die Leichtfertigkeit seines Freundes erzählt:

Der Wind verzettelte sich in Phantasien, statt seine langen Auslandsreisen zum Studium von Kommunikationswissenschaft, Sanskrit oder Akupunktur zu nutzen, lauter höchst nützliche Dinge. Der Frosch Cururu ist Doktor der Philosophie, ordentlicher Professor für Linguistik und Körperausdruck, Rock-*Liebhaber, ordentliches, korrespondierendes und verdienstvolles Mitglied in- und ausländischer Akademien und eine Größe in mehreren toten Sprachen. Sollte Ihnen die Erzählung nicht gefallen, sind weder der Wind noch die Morgenfrühe daran schuld und schon gar nicht der weise Frosch Cururu, Doktor honoris causa. In die Sprache der Menschen übertragen zu werden, das übersteht keine Geschichte unbeschadet, keine kann ihren reinen Zauber bewahren; die Melodie und die Poesie des Windes gehen verloren.)*

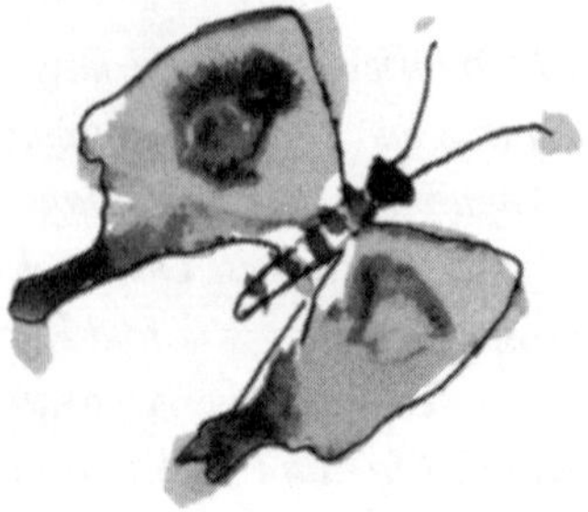

FRÜHLINGSZEIT

Als die Frühlingszeit kam, in einem Kleid aus Licht und Farben und Fröhlichkeit, nach zarten Wohlgerüchen duftend, als sie die Blumen erblühen ließ und die Bäume in grüne Gewänder kleidete, reckte der Gestreifte Kater seine Vorderbeine und schlug seine grauen Augen auf, hässliche, böse Augen. Hässlich und böse nach Ansicht der Allgemeinheit. Nicht nur die Augen des Gestreiften Katers verrieten Boshaftigkeit, hieß es übrigens, sondern auch sein ganzer kräftiger, gewandter Riesenleib, der gelb und schwarz gestreift war. Er war ein Kater mittleren Alters, schon weit zurück lag seine erste Jugend, als er mit Vorliebe zwischen den Bäumen herumjagte, über Dächer auf Streifzüge ging und bei Vollmond Liebeslieder miaute, ganz bestimmt ulkige, freche Lieder. Denn dass er romantische, sentimentale Lieder sang, konnte sich niemand vorstellen.

In der ganzen Gegend gab es kein Lebewesen, das selbstsüchtiger und einsamer war. Er pflegte keinen freundschaftlichen Umgang mit den Nachbarn und

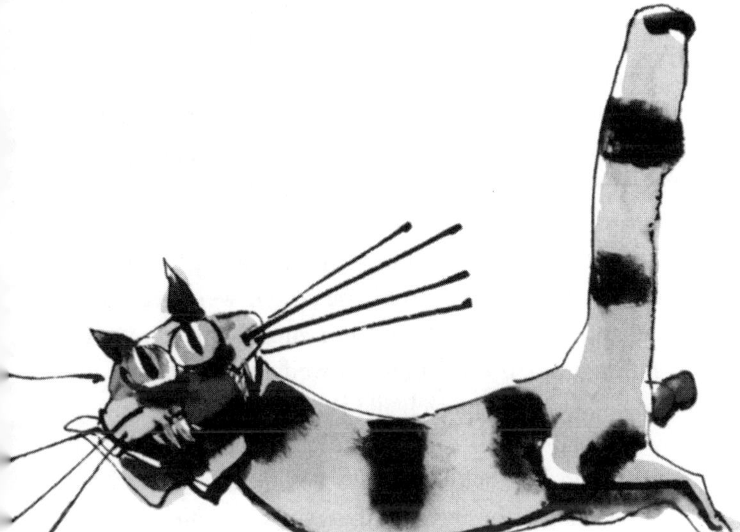

erwiderte fast nie einen der seltenen Grüße, die manche – aus Angst und nicht aus Höflichkeit – im Vorübergehen an ihn richteten. Schlecht gelaunt brummelte er vor sich hin und machte wieder die Augen zu, als wäre ihm alles, was er ringsum sah, zuwider.

Dabei bot das Leben im Umkreis, ob voller Hast, ob friedlich, einen wunderschönen Anblick. Duftende Knospen wuchsen heran und öffneten sich zu strahlenden Blüten, Vögel flogen fröhlich zwitschernd vorüber, Tauben turtelten verliebt, Gelege frischgeschlüpfter Küken folgten dem Gackerruf der stolzen Henne, der große Schwarze Erpel machte der bildhübschen Weißen Ente den Hof und badete sie im klaren Wasser des Sees. Ausgelassene Hunde tollten vergnügt über den Rasen.

In die Nähe des Gestreiften Katers wagte sich keiner. Die Blumen schlossen sich, wenn er auf sie zukam, denn es hieß, er hätte einmal mit einem Tatzenhieb einen schüchternen weißen Lilienkelch umgeschlagen, in den sich alle Rosen verliebt hatten. Beweise dafür gab es zwar keine, aber wer zweifelte schon an der Schlechtigkeit des dicken Katers? Die Vögel flogen höher hinauf, wenn sie in die Nähe des Winkels kamen, in dem er schlief. Auch munkelte man, der Gestreifte Kater sei der Bösewicht gewesen, der das Singdrosseljunge aus dem Nest aus Zweigen geraubt hatte. Als Mutter Singdrossel ihrem Jungen Futter bringen wollte und es nicht vorfand, bohrte sie sich den Dorn eines Mandacarubusches in die Brust und nahm sich das Leben. Es gab ein trauriges Be-

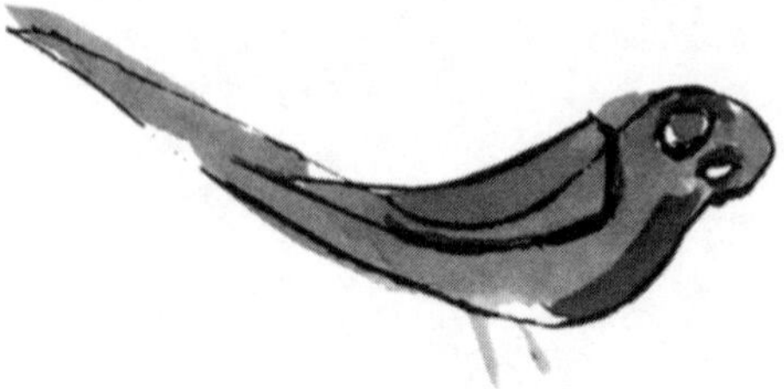

gräbnis, und viele Verwünschungen wurden an diesem Tag gegen den Gestreiften Kater ausgestoßen. Beweise gab es keine, aber wer sonst sollte es schon gewesen sein? Man brauchte sich doch nur den Blick dieses Untiers anzusehen, um zu wissen, wer der Mörder war. So ein hässlicher Kerl.

Die Tauben flogen zum Turteln weiter fort; man wusste fast ganz genau, dass er es gewesen war, der die schönste Turteltaube des Taubenschlags getötet – und aufgefressen – hatte, und eine Brieftaube hatte darüber jede Lebensfreude verloren. Es fehlte zwar an Beweisen, ja, aber – wie Hochwürden Papagei sagte – wer sonst konnte es getan haben, wenn nicht diese finstere, gott- und gesetzlose Gestalt, dieser Rumtreiber?

Die Hennenmütter brachten ihren goldgelben Küken bei, wie sie dem Gestreiften Kater aus dem Weg gehen konnten, in dessen verbrecherischen Tatzen – wie sie behaupteten – schon viele kleine Küken zugrunde gegangen waren (ganz zu schweigen von den Eiern, die er aus den Nestern raubte, um seinen niederträchtigen Wanst zu füttern). Auch der Schwarze Erpel wollte nichts von ihm wissen, denn der dicke Kater mochte nicht das Wasser im See, das dem Entenpaar so lieb war. Die Hunde hatten ihn einladen wollen, mit ihnen zu laufen und zu springen. Er aber hatte ihnen die Schnauzen zerkratzt, das Fell gesträubt und sie beschimpft, ihre Familien und ihre ganze Rasse, ihre nahen und entfernten Verwandten beleidigt.

Ein böser Kater. Böse und egoistisch. Morgens legte er sich ins Gras, um sich von der Sonne wärmen zu lassen, doch kaum stieg die Sonne am Himmel empor, tauschte er sie gegen einen erquickenden Schatten aus. Undankbarer Kerl. Lange Zeit hegte eine Guave mit wurmstichigem Stamm die Illusion, dass der Gestreifte Kater sie liebte, und brüstete sich damit vor allen anderen Bäumen im Park. Nur weil er an sonnenheißen Nachmittagen geschmeidig und sich sinnlich windend daherkam, um sich an ihrem knorrigen Stamm zu scheuern. Die Guave, die als etwas eigen galt, fühlte sich geschmeichelt, dass ein derart schwieriger und umstrittener Kerl sie bevorzugte.

Sie ging zu einem Schönheitschirurgen und ließ sich sämtliche Knubbel entfernen, die ihren Stamm verunstalteten, um schön zu sein für den Gestreiften Kater. Und dann erwartete sie ihn mit ihrem glatten, sauberen Stamm. Doch als er sah, dass er sich an diesem Stamm, der keine Knubbel und keine Einkerbungen mehr besaß, nicht mehr reiben konnte, kehrte er der Guave den Rücken und würdigte sie nie wieder auch nur eines Blickes. Dank dieses Abenteuers war die Guave eine ganze Zeit lang das Lieblingsopfer für die (geschmacklosen) Witze der Parkbewohner. Selbst die Alte Eule, die im Brotfruchtbaum wohnte, musste lachen, als man ihr die Geschichte erzählte.

Wenn ich es mit der Wahrheit genau nehmen will, muss ich dazu sagen, dass der Gestreifte Kater nicht zur Kenntnis nahm, was man ihm Böses nachsagte. Falls er es wusste, scherte er sich nicht darum, aber es ist auch gut möglich, dass er überhaupt nicht wusste, wie unbeliebt er war, denn er redete kaum mit jemandem, höchstens mal gelegentlich mit der Alten Eule. Die Eule übrigens, deren Ansichten aufgrund ihres Alters hoch geschätzt wurden, sagte immer, so böse sei der Gestreifte Kater gar nicht, vielleicht sei das alles ja nur ein allgemeines Missverständnis. Die anderen hörten ihr zu, wiegten die Köpfe, gingen aber, obwohl sie die Eule so achteten, dem Gestreiften Kater weiter aus dem Weg.

So sah sein Leben aus, als die Frühlingszeit mit großem Gepränge an Farben, Düften und Melodien im Park einzog. Fröhliche Farben, betörende Düfte, klangvolle Melodien. Der Gestreifte Kater schlief gerade, als die Frühlingszeit überraschend ihren machtvollen Einzug hielt. Aber sie war so unübersehbar, so kraftvoll gekommen, dass er aus seinem traumlosen Schlaf erwachte, die grauen Augen aufschlug und seine Vorderbeine reckte. Der Schwarze Erpel, der ihn zufällig dabei beobachtete, fiel fast vor Staunen um, denn ihm war, als lächelte der Gestreifte Kater. Er schaute noch einmal genauer hin, dann machte er die kleine Weiße Ente darauf aufmerksam:

»Sieht es nicht so aus,
als ob er lacht?«
»Großer Gott!
Er lacht tatsächlich …«

Noch nie hatten sie ihn lachen sehen. Die kleine Weiße Ente musste sich doch wirklich ans Herz fassen, so erschrocken war sie über das Lächeln auf dem grimmigen Maul des Gestreiften Katers. Er lachte

über das ganze Maul, und – was noch unerklärlicher war – auch seine grauen Augen lachten. Auf einmal wälzte er sich im Gras, als wäre er ein jugendlich junger Kater, und gab ein Miauen von sich, das eher nach Wimmern klang. Der ganze Park geriet in helle Aufregung. Die Henne Carijó, die mit ihrer goldgelben Kükenschar in der Nähe vorbeizog, rief: »Huch!« und fiel ohnmächtig ihren Kindern in die Arme.

Der Hahn Don Juan de Rhode Island kam flugs nachsehen, was geschehen war. Carijó war ihm die Liebste in seinem Hennenharem. Er half ihr auf die Beine und wollte gerade sein Kriegs- und Protestkrähen ausstoßen, das wie ein Hornsignal klang, da wälzte der Gestreifte Kater sich abermals im Gras und gab noch ein »Miau« von sich … Oh, mein Gott, ein romantisches »Miau«. Nicht zu fassen!

Don Juan de Rhode Island blieb das Krähen in der Kehle stecken, und vollkommenes Schweigen legte sich in dieser Stunde, als die Frühlingszeit gekommen war, über den ganzen Park. Nicht einmal das verliebte Gurren der Tauben war noch zu hören, derart großes Staunen hatte das verblüffende Benehmen des Gestreiften Katers allgemein hervorgerufen.

»Ich glaube, er ist übergeschnappt«, stellte ein Kressenbusch fest, der in dem Ruf stand, ein guter Arzt zu sein.

»Eine neue Gemeinheit aushecken, das tut er …«, flüsterte die Henne Carijó, die sich von ihrem Anfall erholt hatte, und zog ihre Küken und Don Juan de Rhode Island mit sich fort.

Unterdessen stand der Gestreifte Kater auf, streckte seine Vorder- und seine Hinterbeine, machte einen Buckel, um die unerwartet sanfte Wärme der Sonne besser zu genießen, atmete mit weit geöffneten Nasenlöchern die neuen Düfte ein, die durch die Luft schwebten, und ließ sein ganzes hässliches, böses Gesicht zu einem herzlichen Lächeln für alle Dinge und Lebewesen ringsum erstrahlen. Dann setzte er sich in Bewegung.

Hals über Kopf ergriffen alle die Flucht. Der große Schwarze Erpel zog die kleine Weiße Ente mit sich bis auf den Grund des Sees und tauchte in einem Zug, mit dem er seine sämtlichen früheren Rekorde einstellte, quer hinüber bis zum anderen Ufer. Dort brachte er seine kleine Frau in Sicherheit. Die Tauben zogen sich alle in den Taubenschlag zurück, kein verliebtes Gurren erklang mehr von den Ästen der Bäume, auf denen grüne Triebe in immer größerer

Zahl sprossen und sich sogleich in schattenspendende Blätter verwandelten. Die Hunde hörten auf zu rennen und zu springen und taten so, als wären sie zutiefst damit beschäftigt, versteckte Knochen auszugraben. Die Knospen, die sich zu Blüten öffnen wollten, hielten augenblicklich in ihrer Arbeit inne, und eine Rose, die es eilig gehabt hatte und schon aufgegangen war, ließ alle ihre Blütenblätter auf den Erdboden fallen. Alle bis auf eines, das sich von der Brise durch die Lüfte wirbeln ließ.

Diese ganze Unruhe verursachte einigen Lärm, so dass der Gestreifte Kater aufmerksam wurde. Erstaunt sah er sich um: Warum liefen alle davon, wo doch jetzt der Park nach der Ankunft der Frühlingszeit so wunderschön war? Kein Sturm wütete, kein kalter Wind blies und riss die Blätter von den Bäumen, kein Regen ergoss sich in Tränen über die Dächer. Wie konnte man nur davonlaufen und sich verstecken, wenn die Frühlingszeit kam und die Lieblichkeiten des Lebens mitbrachte? Sollte etwa die

Klapperschlange zurückgekommen sein, hatte sie es gewagt, in den Park zurückzukehren? Der Gestreifte Kater schaute sich suchend um. Wenn sie es war, wollte er ihr noch eine Lektion erteilen, damit sie nie wieder herkam, um Eier zu stehlen, Vögel aus den Nestern zu holen oder Küken und Turteltauben zu fressen. Aber nein, die Klapperschlange war nicht da. Der Gestreifte Kater überlegte hin und her. Und dann begriff er, dass sie vor ihm davonliefen. Sie hatten ihn schon so lange nicht mehr miauen hören, nicht mehr lächeln sehen, dass sie es jetzt mit der Angst bekommen hatten.

Das war eine traurige Feststellung. Zuerst verging ihm das Lächeln, aber dann zuckte er gleichgültig mit den Schultern. Er war ein stolzer Kater, was scherte

ihn, was die anderen von ihm dachten. Er zwinkerte sogar – ein bisschen gekünstelt – mit einem Auge schelmisch der Sonne zu, und die Geste, die noch unerwarteter kam, bewirkte, dass ein riesiger Felsbrocken, der seit unendlich vielen Jahren nahe der Stelle thronte, wo der Kater gerade stand, schnurstracks ins Dickicht rollte.

Der Gestreifte Kater atmete in vollen Zügen die frische Frühlingsluft ein. Er fühlte sich unbeschwert, zu gern hätte er einfach drauflos geredet, einen Spaziergang gemacht, ja sogar sich mit jemandem unterhalten. Noch einmal schaute er mit seinen grauen Augen in die Runde, aber es war keiner zu sehen. Alle waren davongelaufen.

Nein, nicht alle. Vom Ast eines Baumes schaute die Schwalbe Sinhá zum Gestreiften Kater herunter und lächelte ihm zu. Sie war die einzige, die nicht geflohen war. Aus der Ferne riefen ihre Eltern aufgeregt schreiend nach ihr. Und alle Bewohner des Parks starrten aus ihren Verstecken heraus verblüfft auf die Schwalbe Sinhá, die dem Gestreiften Kater zulächelte. Ringsum war Frühling, der Traum eines Dichters.

NOCH EINE KLAMMER, UM DIE SCHWALBE SINHÁ VORZUSTELLEN

(Wenn sie heiter und quicklebendig vorüberflog, gab es keinen Vogel im heiratsfähigen Alter, der nicht hinter ihr hergeseufzt hätte. Sie war zwar noch sehr jung, doch wohin sie sich auch setzte, sofort war sie von allen jungen Burschen des Parks umringt. Sie machten ihr Liebeserklärungen, schrieben für sie Gedichte, und der Herr Nachtigall, ein berühmter Serenadensänger, kam im Mondenschein vor ihrem Fenster singen. Sie lachte allen zu, verstand sich gut mit allen, aber keinen liebte sie. Unbeschwert und sorglos flog sie von Baum zu Baum durch den Park, neugierig und immer zu einem Schwatz bereit, ein unschuldiges Gemüt. In keinem der umliegenden Parks gab es nach allgemeiner Ansicht eine so schöne und liebenswerte Schwalbe wie die Schwalbe Sinhá.)

FORTSETZUNG DER FRÜHLINGSZEIT

Ringsum war Frühling, der Traum eines Dichters. Der Gestreifte Kater verspürte Lust, etwas in dieser Art zu der Schwalbe Sinhá zu sagen. Er setzte sich auf den Erdboden und strich sich die Schnurrhaare glatt, doch dann fragte er nur:

»Du bist nicht mit den anderen davongelaufen?«

»Ich? Davonlaufen? Ich habe keine Angst vor dir, die anderen sind lauter Feiglinge … Du kannst mich nicht kriegen, du hast ja keine Flügel zum Fliegen, du dicker Kater, du bist noch dümmer, als du hässlich bist. Und wie hässlich du bist …«

»Ich? Hässlich?«

Der Gestreifte Kater lachte, so wundersam wie jemand, der das Lachen verlernt hatte, und diesmal erschauderten selbst die mutigsten Bäume wie der riesige Brasilholzbaum. »Sie hat ihn beleidigt, jetzt wird er sie umbringen«, dachte die alte Dänische Dogge.

Hochwürden Papagei – Hochwürden deshalb, weil er einige Zeit in einem Priesterseminar zugebracht und dort beten und Sätze auf Latein auswendig gelernt hatte, was ihm den nützlichen Ruf eines Gelehrten eingebracht hatte – machte die Augen zu, um nicht die Tragödie mit ansehen zu müssen.

Dies aus zwei Gründen: erstens, weil er leicht erregbar war und kein Blut sehen konnte, schon gar nicht das einer so bildschönen Schwalbe, und zweitens, weil er nicht als Zeuge auftreten wollte, falls das Verbrechen vor Gericht kam, eine hochnotpeinliche Situation, denn dann musste er sich entscheiden, ob er die Wahrheit sagen und den Zorn des Gestreiften Katers mit allen Konsequenzen – eine Verleumdungsklage und wer weiß was noch – auf sich nehmen sollte oder lügen und sich damit den Ruf einhandeln, ein Feigling und Komplize des Mörders zu sein. Eine schwierige Lage; das Beste war, gar nicht erst hinzusehen. Stattdessen betete er für die Seele der Schwalbe Sinhá und beruhigte damit sein Gewissen, dieses lästige Ding, das dauernd Ansprüche stellte.

Selbst die Schwalbe Sinhá merkte, dass sie zu weit gegangen war, und flog für alle Fälle auf einen höheren Ast, wo sie sich übertrieben kokett die Federn putzte.

Der Gestreifte Kater lachte noch immer, obwohl er leicht gekränkt war. Nicht, weil die Schwalbe ihn als böse bezeichnet, sondern weil sie ihn hässlich genannt hatte, und dabei hielt er sich für schön, für ein Bild von einem Kater. Und auch für schlank.

»Du findest mich hässlich? Im Ernst?«

»Entsetzlich hässlich …«, bestätigte die Schwalbe aus sicherer Entfernung.

»Das glaube ich nicht. Nur ein Blinder könnte mich hässlich finden.«

»Hässlich und eingebildet.«

Die Unterhaltung ging nicht weiter, weil die Eltern der Schwalbe Sinhá, deren Liebe zu ihrer Tochter ihre

Angst besiegt hatte, schimpfend angeflogen kamen, ihr eine ordentliche Strafpredigt hielten und sie wegholten. Doch von unterwegs rief die Schwalbe dem Kater noch zu: »Bis bald, du Hässlicher …«

So, mit diesem etwas dümmlichen Gespräch, fing die ganze Geschichte vom Gestreiften Kater und der Schwalbe Sinhá an. In Wirklichkeit aber hatte die Geschichte, zumindest was die Schwalbe betrifft, schon vorher angefangen. Ein Anfangskapitel hätte von bestimmten früheren Taten der Schwalbe berichten müssen. Da ich es nicht mehr dort niederschreiben kann, wo es nach den guten Regeln der klassischen Erzählung hingehört, bleibt mir nichts anderes übrig, als abermals die Handlung zu unterbrechen und es nachzuholen. Zugegeben, das ist zweifellos eine anarchische Methode, eine Geschichte zu erzählen. Aber man kann diese Vergesslichkeit der Verwirrung anlasten, die der Beginn der Frühlingszeit bei Katern und Geschichtenerzählern auslöst. Besser noch, ich kann auch behaupten, ich erneuere von Grund auf die Form und Struktur der Erzählung, was mir auf der Stelle den Beifall der akademischen Literaturkritik und des Feuilletons sichern wird.

VERSPÄTETES UND FALSCH PLATZIERTES ANFANGSKAPITEL

Nicht nur schön war die Schwalbe Sinhá, sondern auch ein bisschen verrückt. Oder übermütig, das passt besser zu ihr. Obwohl sie noch in die Vorschule ging – wo der Papagei das Fach Religion unterrichtete – und so jung war, dass ihre achtbaren Eltern sie nicht abends allein mit ihren Verehrern ausgehen ließen, strebte sie schon nach Selbständigkeit und war stolz darauf, zu sämtlichen Bewohnern des Parks ein gutes Verhältnis zu haben. Sie war mit den Blumen und den Bäumen befreundet, mit den Enten und den Hühnern, den Hunden und den Steinen, den Tauben und dem See. Mit allen schwatzte sie, ein kleines bisschen selbstzufrieden, und merkte gar nicht, dass sie überall, wohin sie kam, Verliebtheit weckte.

Selbst Hochwürden Papagei, der große Lobreden auf seine eigenen Tugenden hielt und allen wegen der

Zeit, die er im Priesterseminar verbracht hatte, ein wenig klerikal vorkam, selbst er sah sie im Unterricht mit verzücktem Blick an.

Obwohl ihr von allen Seiten so viel Freundschaft und Bewunderung entgegengebracht wurde, verdüsterte ein Schatten das Leben der Schwalbe Sinhá, und darin liegt die Erklärung für dieses verspätete Anfangskapitel, denn dieser Schatten war kein anderer als der Gestreifte Kater. Oder vielmehr die Tatsache, dass es ihr noch nie gelungen war, mit dem Kater zu reden. Dieser schweigsame, hochmütige und eingebildete Bursche zehrte an ihren Nerven. Sie hatte sich angewöhnt, ihn zu beobachten, wenn er schlief oder im Gras lag und sich sonnte. Auf dem Ast eines Baumes versteckt, schaute sie stundenlang zu ihm hinunter und grübelte darüber nach, warum der hässliche Kerl mit niemandem Umgang hatte. Sie hörte zwar die anderen schlecht von ihm sprechen, aber dann schaute sie sich seine rosige Nase mit den langen Schnurrhaaren an und – warum, das weiß keiner – wollte nicht glauben, dass die Geschichten stimmten. So sind die Schwalben nun mal, was soll man da machen? Wenn sie die einfachste, allseits erwiesene und bekannte Wahrheit nicht glauben wollen, gibt es keinen Weg, sie davon zu überzeugen. Sie sind dickköpfig und lassen sich von ihrem Herzen leiten.

Der Gestreifte Kater war der Schatten in dem hellen, unbeschwerten Leben der Schwalbe Sinhá. Manchmal, wenn sie gerade eines der schönen Lieder sang, die sie von dem Herrn Nachtigall gelernt hatte, brach sie plötzlich mittendrin ab, weil sie sah (bisweilen auch nur erahnte), dass der große Körper des Katers auf dem Weg zu seinem Lieblingsplatz vorüberkam. Dann folgte sie ihm in langsamem Flug, und eines Nachmittags amüsierte sie sich damit, ihm kleine trockene Zweige auf den Rücken zu werfen. Der Kater schlief, sie saß gut versteckt im Laub des Brotfruchtbaumes und lachte bei jedem Zweig, der den Kater auf dem Rücken traf, denn jedes Mal machte der Faulpelz ein Auge auf und sah sich um. Doch gleich darauf machte er es wieder zu, weil er dachte, der Wind erlaube sich einen dummen Scherz. Seit langem schon wusste der Gestreifte Kater, dass es sinnlos war, hinter dem Wind herzurennen, um ihn mit der Tatze zu erwischen. Am besten ließ man ihn sein Spiel weitertreiben, bis es ihm langweilig wurde. Da es aber an diesem Tag gar nicht aufhörte, beschloss er wegzugehen. Auch die Schwalbe Sinhá flog

davon, zufrieden mit dem Streich, den sie dem gefürchteten Gestreiften Kater gespielt hatte.

An eben diesem Tag hatte sie das denkwürdige Gespräch mit der Hornlosen Kuh. Ich spreche gleich im Anfangskapitel der Geschichte von der Hornlosen Kuh, weil es sich um eine der wichtigsten Persönlichkeiten im ganzen Park handelt. Sie genoss fast ebenso viel Ansehen wie die Alte Eule. Sie hatte ein ruhiges, fast feierliches Naturell, trat vor lauter ehrbaren Titeln ganz würdevoll auf, stammte von einem argentinischen Stier ab und hieß Rachel Púcio. Allerdings besaß sie einen nachtragenden Charakter und war launisch. Sehr gut behandelte sie alle, die sie liebte – mit dem Entenpaar zum Beispiel war sie eng befreundet –, aber brüsk und heftig begegnete sie jenen, die sie nicht mochte: der Schmeißfliege, den Hunden und, allen voran, dem Gestreiften Kater.

Den Gestreiften Kater mochte sie nicht, weil das elendige Katzenvieh sie, eine derart hoch angesehene Persönlichkeit von argentinischem Geblüt, bei einer weit zurückliegenden Begegnung einmal schrecklich beleidigt hatte. Die Hornlose Kuh neigte nämlich trotz ihrer Würdigkeit zur Ironie. So hatte sie, als sie einmal den Gestreiften Kater im Stall traf, wohin er bestimmt in der Absicht gekommen war, etwas Milch zu stibitzen, in einer Mischung aus Spott und Verachtung halb auf Spanisch, halb auf Portugiesisch zu ihm gesagt: »So ein kleiner Kerl und hat schon einen Schnurrbart!«

Der Kater wagte es doch tatsächlich, ganz offen

und unverzeihlich respektlos zu antworten: »So ein großes Frauenzimmer und trägt keinen Büstenhalter!«

Die Hornlose Kuh wollte ihm einen ordentlichen Huftritt versetzen, aber der Kater war schon weg und grinste boshaft vor sich hin. Der ganze Park war der Meinung, dass er die Hornlose Kuh entsetzlich beleidigt hatte, und am Abend kamen viele Familien zu ihr und bekundeten ihre Solidarität, denn sie war untröstlich und weinte ohne Unterlass. Als allererster kam Hochwürden Papagei; er trank sich an diesem Abend einen Schwips an und unterhielt die ganze Gesellschaft mit Anekdoten, die er in der Küche des Priesterseminars gehört hatte. Selbst die Hornlose Kuh hörte auf zu weinen und lachte, dann aber liefen ihr wieder die Tränen, doch nur, weil sie so furchtbar lachen musste.

Als die Schwalbe ihr erzählte, womit sie sich den Nachmittag über vergnügt hatte, sagte die Hornlose Kuh, statt kleiner Zweige hätte sie dem Kater lieber dicke Steine mitten auf den Schädel werfen und ihm damit endgültig den Garaus machen sollen. Doch als Sinhá sich über eine so blutige Vorstellung entsetzt äußerte und gestand, sie hätte die Zweige nur deshalb heruntergeworfen, weil sie mit dem Kater ein Gespräch anfangen wollte, da war die Kuh ihrerseits entsetzt.

»Mit dem Kater reden? Hast du das wirklich vor, du übermütiges Ding? Um Himmels willen, sei nicht töricht!«

Das sagte sie auf Spanisch; auf Spanisch sprechen verlieh ihr Würde und strengte sie an, und wie es sie anstrengte! Deshalb fuhr sie auf Portugiesisch fort: »Weißt du denn nicht, dass er ein Kater ist, ein ganz böser Kater, und dass eine Schwalbe niemals Umgang mit einem Kater haben darf, noch nicht mal ihn nur einfach grüßen, weil sie damit die Ehre ihrer Familie befleckt? Und dass Kater die Todfeinde der Schwalben sind, dass viele, viele Verwandte von dir in den Krallen eines Katers wie diesem umgekommen sind? Ob gestreift oder nicht, das ist egal.«

Sie war mit ihrer Predigt noch nicht fertig. Wie kam sie nur auf eine so verrückte Idee, ein althergebrachtes Gesetz zu brechen, sich über seit Urzeiten anerkannte Regeln hinwegzusetzen, ihre Freunde auf solche Weise zu beleidigen, ihren Eltern derart großen Kummer zu bereiten? »Aber er hat mir doch gar nichts getan …«

»Er ist ein Kater und obendrein noch gestreift!«

»Nur weil er ein Kater ist und gestreift? Aber er hat auch ein Herz, genau wie wir …«

»Ein Herz?« fragte entrüstet die Hornlose Kuh, die sich, wie wir jetzt merken, sehr leicht entrüsten konnte. »Wer hat dir gesagt, dass er ein Herz hat? Wer?«

»Hm, ich dachte …«

»Hast du gesehen, dass er ein Herz hat? Antworte!«

»Gesehen habe ich's nicht …«

»Na also!«

Sie redete noch lange weiter. Sie erzählte, was der Kater ihr angetan hatte, und vergoss über der Erinnerung an die Beleidigung noch einmal ein paar Tränen. Noch mehr Ratschläge und Warnungen; Ratschläge geben, das war eine Spezialität der Hornlosen Kuh. Anstandsregeln voll heilsamer und etwas altbackener Moral. Sie führte aus, wie ein junges Schwalbenmädchen sich zu verhalten habe, was sie tun dürfe und was ihr nicht gestattet sei. Vor allem dürfe sie nicht mit Katern reden und schon gar nicht mit dem Gestreiften Kater …

Die Schwalbe hörte ihr aufmerksam zu, wie es die gute Erziehung verlangt, und wurde traurig. Sie durfte nicht mit dem Kater sprechen; dass sie das vorgehabt hatte, war sehr schlimm. Die Kuh hatte bestimmt Recht, sie besaß Lebenserfahrung und sprach gemessen und erhaben. Nur eins begriff die Schwalbe mit ihrem Dickkopf nicht: Warum sollte sie eine Sünde begehen, wenn sie mit dem Kater redete? Auf jeden Fall versprach sie der Kuh, nie wieder dem Gestreiften Kater kleine Zweige auf seinen gelbschwarzen Rücken zu werfen und auch nicht einmal daran zu denken, sich mit ihm zu unterhalten.

Aber die Versprechen einer Schwalbe sind nicht viel wert, man sollte ihnen keinen allzu großen Glauben schenken. Und erst recht nicht dem Versprechen einer ungestümen und recht abenteuerlustigen jungen Schwalbe. Ich für meinen Teil vermute, schon als sie das Versprechen gab, wusste sie genau, dass sie es nicht würde halten können. Sie blieb dem Kater weiter auf der Spur. Mit Zweigen bewarf sie ihn nicht wieder, aber, ach! Nicht etwa ihres Versprechens wegen, sondern aus Angst, er könnte es für einen Schabernack des Windes halten und seines Weges gehen. Tag für Tag beobachtete sie ihn, bis zu dem Tag, an dem die Frühlingszeit ihren Einzug hielt …

Damit endet das Anfangskapitel, und wir nehmen den Faden der Geschichte wieder dort auf, wo wir sie aufgrund eines Fehlers im Aufbau oder eines modernen literarischen Kunstgriffs wegen verlassen haben.

ENDE DER FRÜHLINGSZEIT

Die Schwalbeneltern schimpften Sinhá aus. Aber sie waren so überwältigt von ihrer eigenen Heldenhaftigkeit – hatten sie doch den Mut aufgebracht, dem Gestreiften Kater die Stirn zu bieten, um ihre Tochter zu retten –, dass sie nicht allzu sehr schimpften. Der Schwalbenvater sagte zur Schwalbenmutter: »Wir lieben unsere Tochter, wir haben sie gerettet.«

Die Schwalbenmutter antwortete: »Wir sind gute Eltern, wir haben unsere Tochter beschützt.«

Sie schauten sich an und bewunderten sich gegenseitig. Ein für allemal verboten sie der Schwalbe, sich je wieder dem grimmigen Feind zu nähern. Wenn schon Versprechen einer jungen Schwalbe überhaupt nichts wert sind, so sind schroffe Verbote nur dazu angetan, ihr Interesse und ihre Neugier zu reizen. Nicht, dass Sinhá so eine Schwalbe gewesen wäre, zu der man nur »Tu das nicht!« zu sagen brauchte, damit sie es auf der Stelle tat. Im Gegenteil, sie war zärtlich und gehorsam und liebte ihre Eltern. Wohlerzogen war sie und von liebenswertem, gutherzigem Wesen. Aber sie ließ sich nicht gern ohne gute, berechtigte Gründe von etwas überzeugen, und bislang hatte ihr noch keiner den Beweis geliefert, dass es eine Sünde oder ein Verbrechen war, ein freundschaftliches Verhältnis zu dem Gestreiften Kater zu haben. Und deshalb beschloss sie, als sie ihr reizendes Köpfchen auf das Rosenblatt legte, das ihr als Kopfkissen diente, die Unterhaltung am nächsten Tag fortzusetzen.

»Er ist zwar hässlich, aber nett …«, murmelte sie beim Einschlafen.

Auch der Gestreifte Kater dachte an diesem ersten Frühlingsabend, als er den Kopf auf sein Kissen legte, an die spröde Schwalbe Sinhá. Ach nein, so etwas besaß er übrigens gar nicht: ein Kopfkissen. Denn der Gestreifte Kater war nicht nur böse und hässlich, sondern auch ein armer Teufel; seinen Kopf legte er zum Schlafen auf die Vorderpfoten. Da er nicht sehr ver-

wöhnt war, machte ihm das nicht viel aus. Viel mehr vermisste er anderes: Zuneigung, Zärtlichkeit und Wiener Würstchen.

Er legte sich erst spät zur Ruhe. Vorher war er ziellos durch den Park spaziert. Er hatte an der Rinde von Baumstämmen gekratzt, ohne ersichtlichen Grund miaut und Lust verspürt, wieder wie in längst vergangenen Jugendjahren auf den Dächern herumzustromern. Der Duft der Erde war ihm in die Nase gestiegen, und seine langen Schnurrhaare hatten sich unruhig bewegt. Ganz jung hatte er sich gefühlt und sogar Lust bekommen, mit den Hunden durch den Park zu rennen. Und bestimmt hätte er es auch getan, wenn nicht die Hunde Angst bekommen hätten und weggelaufen wären, als er näher kam.

Er fühlte sich so ermattet und von einem unbestimmten Verlangen erfüllt, dass er vor sich hin murmelte: »Ich glaube, ich bin krank.«

Dann legte er sich eine Pfote auf die Stirn und stellte fest: »Ich glühe vor Fieber ...«

Als er bei Einbruch der Nacht zu seinem Lager – einem alten Samtfetzen – zurückkehrte, fiel sein Blick auf eine Blume, und in ihr spiegelten sich die mandelförmigen Augen der Schwalbe. Fiebernd lief er zum Trinken an den See, und auch aus dem Wasser schaute ihn lächelnd die Schwalbe an. In jedem Blatt erblickte er sie, in jedem Tropfen Tau, in jedem Strahl der Abendsonne, in jedem Schatten der sich senkenden Nacht. Dann entdeckte er sie, in Silber gekleidet, im Vollmond, worauf er ein klagendes Miau von sich gab. Es war schon tiefe Nacht, als er endlich einschlafen konnte. Er träumte von der Schwalbe. Zum ersten Mal seit vielen Jahren hatte er wieder einen Traum.

Soll ich daraus schließen, dass der Gestreifte Kater mit seinen hässlichen grauen Augen und seinem finsteren Ruf, bösartig zu sein, sich verliebt hatte? Nun, da die Schwalbe und er schlafen und nur noch die Alte Eule wach ist, erlaube ich mir, ein wenig zu philosophieren. Dies ist ein überall auf der Welt anerkanntes Recht der Geschichtenerzähler, und schon, um nicht von der allgemeinen Regel abzuweichen, muss ich es wahrnehmen. Was ich sagen möchte, ist dies: Es gibt Menschen, die glauben nicht an die Liebe auf den ersten Blick. Andere wiederum glauben nicht nur daran, sie behaupten auch, dies sei die einzig wahre Liebe. Recht haben sie alle. Denn die Liebe schlummert in den Herzen der Lebewesen, und eines Tages erwacht sie, wenn der Frühling kommt oder auch mitten im strengsten Winter. Im Frühling ist es leichter, aber das ist bereits ein anderes Thema und gehört nicht hierher.

Plötzlich, beim unverhofften Anblick eines anderen Wesens, erwacht die Liebe aus ihrem Schlaf. Selbst wenn wir dieses andere Wesen schon kennen, ist es, als sähen wir es zum ersten Mal, und deshalb sagt man, es war Liebe auf den ersten Blick. So war es auch mit der Liebe des Gestreiften Katers zu der Schwalbe Sinhá. Nun erwarten Sie aber nicht von mir, dass ich Ihnen erkläre oder begreiflich mache, was in dem kleinen, aber furchtlosen Herzen der

Schwalbe Sinhá vor sich ging. So töricht bin ich nicht, dass ich meine, ich könnte das Herz einer Frau verstehen, oder gar das einer Schwalbe.

Keine dieser Überlegungen störte den Schlaf des Gestreiften Katers in dieser Nacht. Er hielt sich nämlich gar nicht für verliebt. Auf diesen Gedanken war er überhaupt noch nicht gekommen. Als er jung war, hatte er sich jede Woche aufs neue verliebt, im allgemeinen am Dienstag, und am Freitag war die Liebe wieder abgekühlt, denn er war ein fauler Kater und nahm sich den Samstag, Sonntag und Montag zum Ausruhen frei. Unzähligen Katzen jeglicher Farbe, einem grauen Kaninchenmädchen und einer jungen Füchsin hatte er das Herz gebrochen. Aber das war schon so lange her, dass er sich nicht einmal mehr an die Namen und Umstände erinnern konnte. Er lebte still für sich in seinem Winkel, wie ich schon erzählt habe, faulenzte in der Sonne, genoss die sanfte Liebkosung der Brise, die Frische der Sommerabende, die

angenehme Kühle des Winters. Und nun kam der Frühling und brachte Unruhe in sein Leben.

Als er am nächsten Morgen aufstand und sich das Gesicht wusch, dachte er an die Schwalbe, und der Traum fiel ihm ein, der ihn durch die Nacht begleitet hatte: Sinhá und er hatten über Schönheit und Hässlichkeit diskutiert. Lachend dachte er: »Gestern war ich krank«, und beschloss, nicht mehr an die Schwalbe zu denken. Er spazierte zu seinem Lieblingsplatz, um sich auf dem alten Samtfetzen von der Sonne wärmen zu lassen. Im Park erwachte das Leben.

Da lag er nun, der Gestreifte Kater. Lang ausgestreckt, wie immer, damit die liebliche Frühlingssonne ihn am ganzen Körper wärmte. Aber er konnte nicht die Augen geschlossen halten, wie er es sonst immer tat, und das war sehr merkwürdig. Aus Erfahrung wusste er, dass man die Wärme der Sonne und die Kühle des Windhauchs mit geschlossenen Augen viel besser genießen kann. An diesem zweiten Frühlingstag indessen lag er mit offenen Augen da und schaute außerdem noch hinauf in den Baum, in dem einen Tag zuvor die Schwalbe Sinhá gesessen hatte. Als er merkte, was er tat, wurde er wütend. Langsam pfeifend wandte er den Blick ab und suchte nach einer anderen Aussicht. Er sah hinüber zu den Hunden, die wie immer rannten, diese Dummköpfe, was anderes fiel denen auch nie ein, betrachtete die Bäume in vollem Laub und sogar den Papagei, der gerade seine Morgengebete sprach. Der Papagei hatte sich eine Hand auf die Brust gelegt und die Augen gen Himmel erhoben. Beim Anblick seiner salbungsvollen, fast klerikalen Miene hielt es den Kater nicht mehr, er streckte ihm die Zunge heraus. Erschrocken über diese unerwartete und bedrohliche Äußerung, unterbrach der Papagei seine Gebete zu einem Gruß: »Guten Morgen, allerbester Doktor Gestreifter Kater. Wie steht's mit der werten Gesundheit? Hoffentlich gut, Gott sei Dank?«

Der Kater ließ sich zu keiner Antwort herab. Überdies hatte sich sein Blick schon wieder auf den Baum geheftet, in dem am Tag zuvor die Schwalbe gesessen hatte. Während er in der Hoffnung, sie zu entdecken, hinaufäugte, will ich die hässliche Geste des Katers erklären. Sie geschah nicht, wie man meinen könnte, aus mangelndem Respekt vor der Religion. Der Gestreifte Kater konnte nur keine scheinheiligen Leute leiden. Und der Papagei war die Scheinheiligkeit in Person.

Die Eule – sie wusste über das Leben sämtlicher Parkbewohner bestens Bescheid – hatte dem Kater erzählt, dass Hochwürden Papagei unter dem Deckmantel all seiner Frömmigkeit ein richtiger Lüstling sei. Er hatte der kleinen Weißen Ente, der Henne Carijó und einer jungen Turteltaube unanständige Anträge gemacht und selbst ihr, der Eule, ungeachtet ihres Alters zweideutige Vorschläge ins Ohr gemurmelt. Und wie war doch die Sache mit dem Taubengei? Oh, diese Geschichte mit dem Taubengei, die muss man einfach erzählen. Eines Tages bekam die Brieftaube einen wunderlichen Sohn: einen Täuber, der die Sprache der Menschen sprach. Der Brieftäuber war nicht nur einfältig, er war auch ständig mit der ganzen Post der Parkbewohner auf langen Reisen unterwegs. Offiziell war der Sohn von ihm, aber die Eule sagte, an der Sache stimme was nicht. Wer sonst im Park außer dem Papagei verstand die Sprache der Menschen? Die Hunde verstanden sie, konnten sie aber nicht sprechen. Außerdem hockte der Papagei unter dem Vorwand, ihr »geistige Nahrung zu bringen«, dauernd bei der Brieftaube, wenn ihr Mann nicht zu Hause war. Zum Glück hatte der Brieftäuber ein gutmütiges Naturell.

Der Gestreifte Kater hatte eigentlich nichts gegen Lüstlinge. Niemals beteiligte er sich an den Klatschereien im Park über die Abenteuer des Hahnes, eines ausgemachten und vielbeneideten Polygamisten, der wie ein Moslem Tag für Tag seinen wohlsortierten Harem um eine weitere junge Henne ergänzte. Sowohl der Täuber, aus Überzeugung monogam, als auch der Schwarze Erpel, den die Umstände zur Monogamie zwangen, da es im Park nur eine einzige Ente gab, erregten sich entrüstet über den lockeren Lebenswandel des Hahnes. Desgleichen die Hornlose Kuh: Missbilligend schüttelte sie stumm den Kopf. Nur dem Kater war das alles vollkommen gleichgültig. Er hatte nichts gegen Lüstlinge, wohl aber etwas gegen scheinheilige, verkappte Lüstlinge wie den Papagei. Deshalb streckte er ihm die Zunge heraus, was natürlich beleidigend und verwerflich ist.

Das alles habe ich erzählt, weil ich hoffte, dass

unterdessen die Schwalbe Sinhá sich auf dem Baum neben dem Kater niederlassen würde. Aber sie kam nicht, die Undankbare, und so wenden wir uns wieder unserem Freund, dem Gestreiften Kater, zu, der jetzt gar nicht mehr fröhlich war und sich in einem ganz anderen Gemütszustand befand als in dem Augenblick, in dem wir ihn verließen. Er wirkte gar nicht mehr zu Späßen aufgelegt wie am Morgen, als er aufgestanden war, verflogen war die Unbeschwertheit, die er seit dem Tag zuvor gespürt hatte, seine langen Schnurrhaare hingen matt und schlaff herab. Das war ein trauriges und gefährliches Zeichen bei dem Gestreiften Kater, denn von seinen Schnurrhaaren konnte man seine Stimmung ablesen.

Noch einmal starrte er hinauf in den Baum, so oft schon hatte er es getan … Die Schwalbe war nicht da, der Schatten des Baumes fiel auf seinen großen Körper. Seine grauen Augen verdunkelten sich. Warum tat ihm das Herz so weh? Dabei war ringsum doch Frühling.

Da stand er plötzlich auf. Warum er das tat, hätte er selbst nicht erklären können. Vielleicht, um in der Sonne zu bleiben. Er stand auf und ging los. Und auf einmal stellte er fest, dass ihn seine Füße – hatte er sie vielleicht nicht mehr in der Gewalt? –, ohne dass er es gemerkt hatte, in die Nähe des fernen Baumes getragen hatten, in dem die Familie der Schwalbe Sinhá wohnte. Ich muss dazu sagen, dass dieser Baum am anderen Ende des Parks stand.

Sinhás Eltern waren ausgeflogen, um Nahrung zu suchen. Die Schwalbe hatte den Kater kommen sehen und erwartete ihn lächelnd. Der Gestreifte Kater blieb unter dem Baum stehen, äugte hinauf und entdeckte die Schwalbe. Da wurde ihm klar, wohin er geraten war, ohne es zu merken. Er wurde böse. Was habe ich hier verloren? Er beschloss, schnellstens zurückzukehren (Verflixt, seine Füße waren so schwer, als hätte er Blei in den Beinen!), aber die Schwalbe sagte mit ihrer sanften Stimme: »Willst du mir nicht guten Tag sagen, du unhöflicher Kerl?«

»Guten Tag, Sinhá …« In der tiefen Stimme des Katers schwang sogar ein gewisser Wohlklang.

»Fräulein Sinhá, bitte sehr.« Aber weil er ein trau-

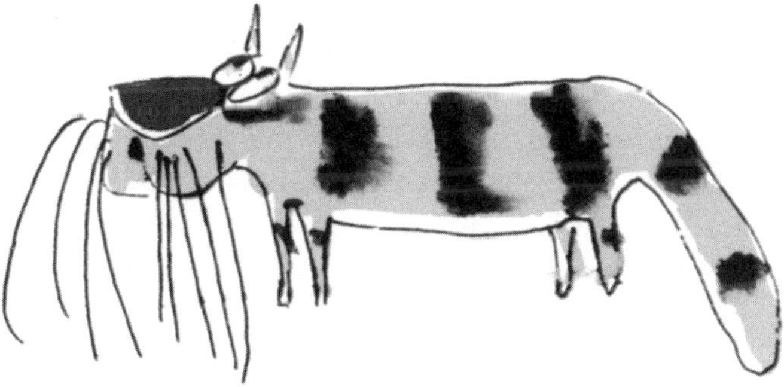

riges Gesicht machte (und wenn er traurig wurde, sah er noch hässlicher aus), gab sie nach: »Schon gut … Wenn du willst, kannst du auch Sinhá zu mir sagen … Und ich nenne dich Hässlicher.«

»Ich habe dir schon gesagt, dass ich nicht hässlich bin.«

»Puh, bist du eingebildet! Du bist das hässlichste Wesen, das ich kenne. Im Vergleich zu dir ist meine Patentante, die Eule, eine Schönheitskönigin.«

Was will ich eigentlich hier? dachte der Gestreifte Kater. Diese kleine Schwalbe, fast noch ein Kind, behandelte ihn nicht mit gebührendem Respekt (wollte er eigentlich wirklich, dass sie ihn mit Respekt behandelte?), sie beleidigte ihn, griff ihn an, bezeichnete ihn als hässlich. Das hatte er nun davon, dass er einer jungen Schwalbe vertraut hatte. Wer war sie denn schon, eine Studentin, Religionsschülerin des Papageis, was konnte sie schon im Kopf haben, welche Art Gespräche führen mit ihm, einem seriösen, weitgereisten Kater, der sich für etwas Besseres hielt, für gebildeter als alle anderen im Park, und – vor allen Dingen – glaubte, ein schöner Kater zu sein? Er beschloss kehrtzumachen und nie wieder mit dieser respektlosen Schwalbe zu reden. (O weh! Seine Füße waren schwer wie Blei, als hätte er es tonnenweise in den Beinen …) Er gab sich einen Ruck: »Auf Wiedersehen …«

»Ach so, jetzt bist du beleidigt. Du bist ja noch eingebildeter, als du hässlich bist.«

Warum, zum Teufel, fand er das auf einmal komisch? Jetzt gehorchten ihm schon nicht nur seine Beine nicht mehr, auch sein Mund verzog sich zu einem Lächeln, obwohl er ernst bleiben und verärgert aussehen wollte. Eine große Verschwörung gegen den Gestreiften Kater! Die Schwalbe plapperte einfach weiter, wie ein schönes junges Ding vom Land, dessen Jugend alles andere ringsum überstrahlt.

»Du brauchst nicht wegzugehen. Ich sag' nicht mehr, dass du hässlich bist. Jetzt sage ich nur noch Schöner zu dir.«

»Das will ich auch nicht …«

»Wie soll ich dich denn sonst nennen?«

»Kater.«

»Das darf ich nicht.«

»Warum nicht?«

Konnte es sein, dass sie traurig geworden war? Jetzt klang ihre Stimme gar nicht mehr lustig. Der Gestreifte Kater fragte noch einmal: »Warum darfst du das nicht?«

»Mit Katern darf ich nicht reden. Die Kater sind die Feinde der Schwalben.«

»Wer hat das gesagt?«

»Das stimmt. Ich weiß es.«

Der Kater machte ein todtrauriges Gesicht. Aber die Schwalbe Sinhá liebte die Fröhlichkeit und konnte es nicht ertragen, wenn jemand traurig war. Deshalb sagte sie: »Aber wir sind keine Feinde, oder?«

»Nein, niemals.«

»Dann können wir uns unterhalten.«

Doch gleich darauf fügte sie hinzu: »Geh weg, da

kommt mein Vater. Ich komme nachher in den Pflaumenbaum, mich mit dir unterhalten, du Hässlicher …«

Der Kater lachte und tauchte schnell zwischen den Grasbüscheln in der Umgebung unter. Jetzt war er wieder froh. Während er sich behände durch das Gestrüpp wand, führte er in Gedanken noch einmal das Gespräch mit der Schwalbe und hörte wieder ihre melodische Stimme im Ohr. Sie durfte nicht mit dem Kater reden. Kater sind schlecht, ein paar hatte man auf frischer Tat ertappt, wie sie Schwalben verspeisten, etwas Wahres war schon daran. Wie war es nur möglich, so schlecht zu sein? Wie konnte man ein so schönes und zartes Wesen wie die Schwalbe Sinhá verspeisen?

Er legte sich unter den Pflaumenbaum, der in voller Blüte stand. Gleich darauf kam die Schwalbe angeflogen, sie schwang in Kreisen durch die Luft, ihr Flug glich einem wunderschönen, gerade erst ersonnenen Frühlingstanz. Herr Nachtigall, der ihr von weitem hinterher schaute, begann zu singen, sein Liebeslied klang durch den ganzen Park.

Als die Schwalbe sich auf einen niedrigen Ast setzte, klatschte der Kater Beifall. Sie nahmen das unterbrochene Gespräch wieder auf.

Ich will hier ihre Unterhaltung nicht mehr wiedergeben. Und ich fasse diesen Beschluss, weil alle ihre Gespräche sich ein wenig ähnelten und erst allmählich im Laufe der Zeit einer Liebesgeschichte würdig wurden. Vielleicht gebe ich später noch mal eins wieder, wenn sich dazu Gelegenheit bietet. So sage ich jetzt nur, dass sie sich den ganzen Frühling hindurch miteinander unterhielten, ohne dass ihnen der Gesprächsstoff ausging. Sie lernten einander kennen, jeder Tag brachte eine neue Entdeckung. Und sie redeten nicht nur miteinander. Gemeinsam strichen sie durch den Park – er lief unten am Boden durch das grüne Gras, sie flog hoch oben durch das Blau des Himmels –, entdeckten wunderhübsche Winkel, nahmen neue Farbschattierungen an den Blumen wahr, spürten Abwandlungen im Hauch der sanften Brise und empfanden eine Freude, die vielleicht mehr in ihnen selbst war als in den Dingen ringsum. Vielleicht war die Freude aber auch in allen Dingen, nur hatten sie sie vorher nicht bemerkt. Denn – das lasst euch gesagt sein – wir haben Augen, die sehen, und Augen, die nicht sehen; das hängt davon ab, wie es um unser Herz steht.

Hinzufügen möchte ich nur noch, dass sie jetzt sehr vertraut miteinander umgingen.

Wenn sie sich am Morgen zum ersten Mal sahen, fragte er immer: »Was hast du über Nacht gemacht? Du bist heute noch schöner als gestern und sogar noch schöner als in den Träumen der letzten Nächte, in denen ich dich gesehen habe.«

»Erzähl mir, was du geträumt hast. Was ich geträumt habe, erzähl ich dir nicht, denn ich habe von einem geträumt, der furchtbar hässlich ist: von dir …«

Dann lachten sie beide, er mit dem Lachen eines bösen Katers, sie mit dem silbernen Lachen der jungen Schwalbe. So geschah es im Frühling.

DIE ZEIT DES SOMMERS

Dies ist ein kurzes Kapitel, weil der Sommer mit seiner glühenden Sonne und seinen Sternennächten sehr schnell vorüberging. Die Zeit des Glücks vergeht immer schnell. Die Zeit ist ein schwieriges Wesen. Wenn wir uns wünschen, dass sie sich hinzieht, es nicht eilig hat, verweilt, rast sie uns davon, man spürt nicht, wie die Stunden verrinnen. Wünschen wir uns aber, dass sie schneller als unsere Gedanken verfliegt, weil wir leiden, weil es uns schlecht ergeht, dann trödelt sie dahin, und endlos lang ziehen die Stunden an uns vorüber.

Kurz war die Zeit des Sommers für den Kater und die Schwalbe. Sie verbrachten sie mit Streifzügen durch den Park, mit langen Gesprächen im Schatten der Bäume, mit Lächeln, geflüsterten Worten, schüchternen, aber vielsagenden Blicken, auch mit der einen oder anderen Verstimmung …

Ich weiß nicht, ob Verstimmung der richtige Ausdruck ist. Ich will es erklären: Mitunter war der Kater, wenn er die Schwalbe traf, niedergeschlagen, seine Schnurrhaare hingen herunter, und seine Augen waren von noch tieferem Grau. Der Grund war immer der gleiche: Die Schwalbe war mit dem Herrn Nachtigall ausgegangen, hatte sich mit ihm unterhalten oder Gesangsunterricht genommen – der Herr Nach-

tigall war ihr Lehrer. Die Schwalbe verstand das Verhalten des Gestreiften Katers nicht, seine plötzliche Traurigkeit, die zu bedrückendem Schweigen führte. Nie hatten sie auch nur mit einem Wort von Liebe gesprochen, und außerdem war, wie die Schwalbe sagte, der Herr Nachtigall für sie wie ein Bruder.

Eines Tages – an diesem Tag hatte der Gesangsunterricht länger gedauert, als es sonst üblich war – hingen die Schnurrhaare des Katers so schlaff herab, dass sie den Boden berührten. Da fragte sie ihn nach dem Grund seiner Traurigkeit. Der Gestreifte Kater antwortete: »Wäre ich nicht ein Kater, würde ich dich fragen, ob du mich heiraten willst…«

Die Schwalbe schwieg, still und stumm wie das Schweigen tief in der Nacht. Vor Überraschung? Das glaube ich nicht, sie ahnte doch schon, was im Herzen des Katers vorging. Vor Ärger? Auch das glaube ich nicht, denn des Katers Worte erfreuten ihr Herz. Aber sie hatte Angst. Er war ein Kater, und die Kater sind die Todfeinde der Schwalben.

Sie flog dicht über den Kater hinweg und streifte ihn leicht mit dem linken Flügel, er hörte sogar das kleine Herz der Schwalbe Sinhá schlagen. Sie schwang sich hinauf, noch von weitem schaute sie nach ihm. Es war der letzte Tag des Sommers.

EINE KLAMMER VOLLER GETUSCHEL

(Die Hornlose Kuh tuschelte dem Papagei ins Ohr: »Hat man denn so etwas schon erlebt? Eine Schwalbe, aus der gefiederten Rasse der Schwalben, die sich in einen Kater aus der räuberischen Rasse der Katzen verliebt? Hat man denn so etwa schon erlebt? Hat man denn so etwas schon erlebt?« Und der Papagei tuschelte der Hornlosen Kuh ins Ohr: »Wo gibt's denn so was, Vater unser, der Du bist im Himmel, dass eine Schwalbe sich mit einem Kater in den Ecken herumdrückt? Ave Maria Gratia Plena, die Leute sagen, die Leute sagen, ich glaube es nicht, ich glaube es

nicht. Ich glaube an Gott den Vater, aber es kann sein, aber es kann sein, Salve Regina, Mater Misericordiae, dass er sie heiraten will, Gott behüte und bewahre mich, und ob er es will, ja und ob, Amen.« Und der Täuberich sagte tuschelnd zur Taube: »Wo hat man denn schon eine Schwalbe gesehen, eine schöne Schwalbe, eine übermütige Schwalbe, die sich mit einem Kater herumtreibt? Es gibt ein Gesetz, ein altes Gesetz: Der Täuber gehört zur Taube, der Erpel zur Ente, der Vogel zum Vogel, der Hund zur Hündin und der Kater zur Katze. Aber eine Schwalbe, die sich mit einem Kater verlobt, wo hat man das schon erlebt?« Und die Taube flüsterte dem Täuberich zu: »Das geht doch zu weit, wie die Zeiten sich ändern, alle Achtung vor den Gesetzen ist dahin.« Der Hund tuschelte der Hündin ins Ohr: »Die arme Schwalbe, die geht mit dem Kater und ahnt ja nicht, dass er nichts weiter will, als sie irgendwann zu verspeisen.« Kopfschüttelnd antwortete die Hündin: »Der Kater ist schlecht, der will die Schwalbe nur verspeisen.« Und der Erpel sagte zur Ente Pepita: »Ich muss das ungehörige Betragen dieser törichten Schwalbe missbilligen. Das ist gefährlich, unmoralisch und hässlich. Sie redet mit dem Kater, als wäre er kein Kater. Ausgerechnet mit dem Gestreiften Kater, diesem Verbrecher von Haus aus und Geburt an.« Und dies antwortete die Ente Pepita dem Erpel Neunmalklug: »Die Ente gehört zum Erpel, die Taube zum Täuberich, die Hündin zum Hund, die Henne zum Hahn, die Schwalbe zum Vogel, die Katze zum Kater.« Und die Bäume raunten dem Wind, als er vorüberstrich, zu: »Wo gibt's denn das? Wo gibt's denn das? Wo gibt's denn das?« Die Blumen erröteten und säuselten der

Erde ins Ohr: »Einen Kater, einen Kater heiraten, das darf eine Schwalbe nicht, darf sie nicht!« Und im Chor sangen sie: »Eine Todsünde ist das!« Der Vater der Schwalbe hörte die Gerüchte, auch die Mutter der Schwalbe hörte davon. Der Vater der Schwalbe sagte verärgert zu der Mutter der Schwalbe: »Um unsere Tochter steht es schlecht, unsere Tochter treibt sich mit dem Gestreiften Kater herum.« Die Mutter antwortete: »Unsere Tochter ist töricht, heiraten müsste sie.« Der Vater fragte: »Heiraten, ja aber wen?« Und die Mutter sagte: »Den Nachtigall, er hat schon mit mir gesprochen.« Und der ganze Park stimmte zu: »Welch gute Partie für die Schwalbe. Der Herr Nachtigall ist schön und liebenswürdig, er kann singen und gehört zur Rasse der Gefiederten, ja, den kann die Schwalbe heiraten. Nur den Gestreiften Kater, den darf sie nicht heiraten, eine Schwalbe und ein Kater, wer auf der Welt hat so was schon erlebt?« Und der Papagei sagte: »Ein dreifaches Amen.«)

DIE ZEIT DES HERBSTES

Am nächsten Morgen kam der Herbst und schüttelte die Blätter von den Bäumen. Dem Wind wurde es kalt, und um sich aufzuwärmen, fegte er pfeifend durch den Park. Der Herbst brachte ein ganzes Gefolge von Wolken mit und malte mit ihnen den Himmel in grauen Schattierungen an. Nicht nur die Landschaft veränderte sich im Laufe der Jahreszeiten, wie der gebildete und begabte Leser sicherlich gemerkt hat. Auch die Einstellung der Parkbewohner gegenüber dem Gestreiften Kater hatte sich merklich gewandelt. Nicht, dass sie nun nicht mehr böse auf ihn gewesen wären, nicht, dass sie ihm die früheren Beleidigungen verziehen hätten. Aber sie fürchteten sich nicht mehr vor ihm, wie es das Getuschel über seine Geschichte mit der Schwalbe bewies, dies Getuschel, das sich aus schüchternem Flüstern in lautstarkes Gerede verwandelt hatte. Bedenken wir doch, dass vorher, auf den ersten Seiten dieser Geschichte, schon alle zitterten, wenn der Gestreifte Kater auch nur ein Auge öffnete. Wie erklärte es sich dann, dass sie ihn nun nicht mehr fürchteten, dass sie fast öffentlich über seine Spaziergänge mit der Schwalbe redeten?

Das liegt daran, dass der Kater den Frühling und Sommer hindurch immer fröhlich und zufrieden gewesen war. Er hatte die anderen Parkbewohner nicht bedroht, keine Blumen mit Tatzenhieben zerfetzt, nicht das Fell auf dem Rücken gesträubt, wenn Fremde sich näherten, und auch nicht mehr die Schnurrhaare aufgestellt und Beleidigungen zwischen den Zähnen herausgepresst, um die Hunde zu vertreiben. Er war zu einem sanften, liebenswürdigen Wesen geworden und grüßte immer als erster die anderen Parkbewohner, er, der früher fast nie auf das ängstliche »Guten Tag« reagierte, das sie an ihn richteten.

Ich wage sogar zu behaupten, dass er in dieser Zeit gute und edle Gefühle hegte. Diese kühne Behauptung stützt sich auf den Umstand – neben anderen, die jedoch weniger bedeutend sind –, dass er sich in Gefahr begeben und die Klapperschlange aus dem Park verjagt hatte, als sie im Sommer dort auftauchte. Alle anderen hatten sich versteckt. Sogar die Dänische Dogge, die sonst immer ihr großes Maul so weit aufriss.

Der Kater griff die Klapperschlange an, wich geschickt ihrem tödlichen Zugriff aus und ließ so viele Hiebe auf ihren Kopf niedergehen, dass sie das Weite suchte und nie wieder in den Park zurückkehrte.

Doch nur die Schwalbe lobte den Kater für seine Tat. Alle anderen meinten, er hätte es mit der Schlange nur aufgenommen, um anzugeben, gut dazustehen und den Unerschrockenen zu spielen. Die Hornlose Kuh gar bedauerte, dass die Schlange das Ziel ihres tödlichen Angriffs verfehlt hatte. Der Papagei bezeichnete den Vorfall als »billige Wichtigtuerei«.

Tatsache ist, dass der Kater weiterhin als böse und unausstehlich galt. Allerdings hatten die Parkbewohner, da er ja nun freundlich war, den Schluss gezogen,

er sei zwar ein sehr schlechter Charakter, aber nicht mehr sehr gefährlich. Er werde wohl alt und schwach und versuche deshalb, seine Ehre zu retten. Sie hatten die Angst vor ihm verloren. Der Papagei mit seiner berechnenden Art malte sich sogar schon eine mögliche Freundschaft aus. Er wollte den Kater zu seinem Intimus machen und ihn dann gegen seine Feinde benutzen, zum Beispiel gegen den Erpel, der hinter seinem Rücken die schrecklichsten Sachen über ihn erzählte. Der Kater duldete zwar die Annäherungsversuche des Papageis (gehörte dieser Scheinheilige nicht gewissermaßen zur Schwalbe, da er sie ja in Religion unterrichtete?), mied aber jede Art von Vertraulichkeit. Woraufhin der Papagei beleidigt eine grausame Theorie im Park verbreitete, um zu erklären, warum der Kater in jüngster Zeit so freundlich war: Er hätte sein Verhalten geändert, weil er an einer unheilbaren Krankheit leide; nun, da er mit einem Fuß im Grabe stünde, bemühe er sich um Vergebung für seine Sünden.

Nun darf man all dies jedoch nicht als Beweis für die Boshaftigkeit sämtlicher Parkbewohner nehmen. Der schlechte Ruf des Katers war alt und wurzelte tief. Wie hätten sie verstehen sollen, dass der Kater sich verändert hatte, seit die Schwalbe in sein Leben getreten war? Wie sollten sie begreifen, dass unter der rauen Schale, dem gesträubten Fell des Katers ein zartfühlendes Herz schlug?

So zartfühlend war es, dass jener erste Herbsttag ihn dabei überraschte, als er gerade ein Sonett schrieb. In einen dicken Wollumhang gehüllt (er war sehr verfroren), zählte der Kater Silben an seinen Zehen ab und suchte nach Reimen in einem dicken Wörterbuch, verfasst von dem berühmten Grammatiker Ameisenbär, der mit dem Nationalen Literaturpreis ausgezeichnet und Mitglied der Akademie für Sprache und Dichtung war. Wahrhaftig, der Gestreifte Kater schrieb ein Sonett! Ich besitze eine Abschrift dieses einzigen literarischen Werkes des Katers, der sich als seriöses Wesen von solchem Kinderkram immer ferngehalten hatte. Erhalten habe ich sie vom Frosch Cururu – der sich in seinen Mußestunden als Literaturkritiker betätigt – als Musterbeispiel miserabler lyrischer Dichtung, womit er Recht hat. Im übrigen entdeckte der berühmte Frosch in dem kurzen Dichtwerk des Katers ein ungeheuerliches Plagiat, und was der Frosch Cururu, eine unbestrittene Autorität, behauptet, wird von niemandem in Frage gestellt.

Damit der Leser sich von dem Wert des Sonetts und dem Vorwurf, der Gestreifte Kater habe plagiiert, ein eigenes Urteil bilden kann, will ich das bewusste lyrische Werk wiedergeben. Allerdings kann ich dies nicht mitten in der Geschichte machen, denn schließlich ist dies hier kein Poesiealbum – und erst recht kein Album für plagiierte und miserable Sonette –, sondern eine Geschichte, die der Wind der Morgenfrühe erzählt hat, und die Morgenfrühe hat sie dem Herrn der Zeit erzählt, um dafür eine blaue Rose zu bekommen. Deshalb füge ich eine neue Klammer ein, diesmal eine poetische.

Nur um eines bitte ich: Wenn der Leser das Sonett des Katers beurteilt, möge er daran denken, mit welch guter Absicht er auf der Leier des Dichters gespielt hat, und über seinen Mangel an literarischer Berufung und Fähigkeit hinwegsehen. Nicht nur in einen Umhang gegen die Kälte hatte der Kater sich an diesem Morgen literarischer Inspiration gehüllt, auch der Mantel der Liebe umhüllte ihn. Poesie findet sich nicht nur in Gedichten, manchmal lebt sie auch im Herzen und ist so groß, dass Wörter für sie nicht ausreichen.

POETISCHE KLAMMER

Sonett von der unmöglichen Liebe
Für meine angebetete Schwalbe Sinhá

Die Schwalbe Sinhá
Die Schwalbe Sinhô
Die Schwalbe flog davon
und floh.

Traurig bist du mein Leben,
nicht singen noch fliegen ich kann,
hab weder Flügel noch Federn,
kann dichten kein Sonett.

Sehr liebe ich meine Schwalbe,
heiraten möchte ich sie.
Doch die Schwalbe will es nicht.

Mich heiraten sie nicht darf,
weil ich gestreift bin und Kater,
ach!

Gestreifter Kater

POSTSKRIPTUM

Um dem Leser eine konkrete Grundlage für ein entscheidendes Urteil zu geben, füge ich eine weitere Klammer ein, dieses Mal eine kritische. Der Leser mag sich wundern, dass die Geschichte so oft von Klammern unterbrochen wird, derweil der Autor es sich wohl sein lässt, vielleicht ein Mittagsschläfchen hält oder flirtet, aber in Wirklichkeit kommt es ihm zugute, denn statt sich über dürren Worten und einer läppischen Geschichte zu langweilen, bildet er sich bei der Lektüre eines tiefsinnigen Schriftstückes aus der Feder des illustren Frosches Cururu, Mitglied der Akademie und des Instituts akademischer Kritiker und Professor für Kommunikationswissenschaften. Der Meister hat das Wort.

KRITISCHE KLAMMER

Geschrieben auf Bitten des Autors
vom Frosch Cururu,
Mitglied des Instituts

(»Das zur Diskussion stehende dichterische Werk entbehrt tiefsinniger Ideen und verstößt durch zahlreiche Mängel gegen die formalen Vorschriften. Der sprachliche Ausdruck ist unsauber; der grammatikalische Aufbau missachtet die Normen der ehrwürdigen Dichter der Vergangenheit. Über die strengen Regeln der Metrik wird holperig hinweggegangen; der Reim, der größtmögliche Vielfalt aufweisen sollte, ist in den wenigen Fällen, wo er sich überhaupt blicken lässt, überaus armselig.

Unverzeihlich jedoch ist vor allem die sträfliche Tat, die sich im ersten Vierzeiler des erwähnten Sonetts aus der Feder des Gestreiften Katers offenbart, das eindeutige, zum Himmel schreiende Plagiat eines anstößigen Karnevalsliedes mit folgendem Wortlaut:

Die Kakerlake Yayá,
Die Kakerlake Yoyô,
Die Kakerlake flog davon
und floh.

Der Plagiator – dem ich hier die Leviten lese, um ihn vor das Tribunal der öffentlichen Meinung zu stellen als einen Dieb, denn das ist er, und zwar einer der übelsten Sorte, weil er geistiges Eigentum stiehlt – hat sich nicht damit begnügt zu plagiieren, er hat auch noch Verse niederster Herkunft kopiert, Verse des nichtswürdigen Pöbels. Wenn sich seine geistigen Kräfte schon als zu schwach erwiesen, ein überragendes dichterisches Werk zu verfassen, dann hätte er zumindest die großen Meister plagiieren sollen, wie zum Beispiel Homer, Dante, Vergil, Milton oder Basílio de Magalhães.

Frosch Cururu, Doktor.«)

FORTSETZUNG
DER ZEIT DES HERBSTES

Nachdem das Sonett des Gestreiften Katers kritisiert, diskutiert und verurteilt worden ist, wollen wir uns wieder unserer Geschichte zuwenden. Was im übrigen bedeutet, dass wir mit dem Sonett fortfahren, denn ich habe es nicht von ungefähr zitiert, sondern weil es mit der Entwicklung der Ereignisse zu tun hat.

Sie verlief so: Am letzten Tag des Sommers, nach jener Szene zwischen der Schwalbe und dem Kater, hatte dieser ein langes Gespräch mit der Eule. Von sämtlichen Lebewesen im Park war die Eule, wie bereits gesagt, die einzige, die den Gestreiften Kater schätzte. Die Schwalbe war danach an jenem Abend nicht mehr zurückgekommen. Der Kater versuchte zu ergründen, was in ihr vorging, mit welchen widerstreitenden Gefühlen sie kämpfte. Von Traurigkeit und Einsamkeit überwältigt, beschloss er mit der Eule zu sprechen. Diese erwachte eben aus ihrem Greisinnenschlaf und schaute der Nacht, ihrer geliebten Freundin, ins Auge.

Der Kater setzte sich auf einen Ast des Brotfruchtbaumes neben die Eule; zunächst unterhielten sie sich über belanglose Dinge. Doch die Eule mit ihrem siebten Sinn hatte erkannt, was den Kater zu ihr führte. Ganz offen erzählte sie ihm nicht nur von dem Getratsche im Park (worüber der Kater fast wahnsinnig wurde vor Wut), sondern sagte ihm auch, wie sie über die Sache dachte: »Alter Freund, da ist nichts zu machen. Wie konntest du dir nur einbilden, die Schwalbe würde dich zum Mann nehmen? So etwas hat es noch nie gegeben … Selbst wenn sie dich liebte – und wer sagt dir, dass sie dich liebt? –, könnte sie dich doch nie und nimmer heiraten.

Seit die Welt besteht, ist es den Schwalben verboten, Kater zu heiraten. Dieses Verbot ist mehr als nur Gesetz, und es ist tief und fest im Herzen der Schwalben verwurzelt. Du sagst, dass sie dich gern hat und dass, wenn es nach ihrem Willen ginge … Mag sein, ja, ich glaube es sogar. Aber das Gesetz der Schwalben ist stärker als sie. Denn es steckt seit ihrer Urväter Zeiten in ihr, seit es die erste Schwalbe gab. Und um ein Gesetz zu brechen, bedarf es einer Revolution.«

Mit einem Kopfnicken setzte sie hinzu: »Im übrigen wäre so eine kleine Revolution gar nicht so schlecht. Wir könnten sie gut gebrauchen.«

Der Gestreifte Kater sagte kein Wort. Nicht einmal, dass er die Schwalbe gern hatte und davon träumte, sie neben sich auf seinem abgewetzten Samtfetzen zu haben. Er hatte vergessen, dass die Schwalben in Nestern auf Bäumen schlafen, Kater hingegen auf weggeworfenen Lumpen auf dem Erdboden. Er verabschiedete sich von der Eule, ohne auf ihre Worte einzugehen. Kaum war er zu Hause, begann er das berühmte Sonett zu schreiben. Die ganze Nacht und einen Teil des nächsten Vormittags war er damit beschäftigt. Doch alles, was er zustande brachte, war das bereits beurteilte und verurteilte Werk.

Doch an diesem ersten Tag des Herbstes traf er die Schwalbe wieder. Sie war ernst, lächelte nicht, trug nicht wie sonst jene unbeschwerte Fröhlichkeit und Aufgeschlossenheit zur Schau, die so bezaubernd an ihr waren. Auch dem Gestreiften Kater gelang es nicht, seine Traurigkeit zu verbergen, das Herz war ihm schwer von den Worten der Eule. Schweigend streiften sie durch den Park, an Plätzen vorbei, zu denen sie im Frühling und Sommer spaziert waren. Hin und wieder wechselten sie ein paar Worte, aber beide wirkten so, als wollten sie ein dringliches Thema vermeiden. – Dann war es so weit, die Schwalbe musste fort. Der Kater überreichte ihr das Sonett. Sie flog davon, doch immer wieder drehte sie ihr hübsches Köpfchen nach ihm um, in den Augen standen ihr Tränen.

Am nächsten Tag – o weh, das war der längste Tag des Herbstes – erschien sie nicht. Vergeblich schlich er um den Baum herum, auf dem sie wohnte, sie war nicht zu sehen. An diesem Abend fiel ihm ein, was im Park getuschelt wurde; da jagte er den Schwarzen Erpel in die Flucht, erschreckte den Papagei (der gerade sein Abendgebet sprach) fast zu Tode, zerkratzte der Dänischen Dogge die Schnauze und stahl aus dem Hühnerstall Eier, doch nicht etwa, um sie zu fressen, nein – und das war der Gipfel der Niedertracht –, er stahl sie und warf sie unterwegs weg. Die Furcht vor dem Gestreiften Kater hielt wieder Einzug im Park, und der lärmende Tratsch erstarb zu heimlichem Geraune.

Am dritten Tag des Herbstes warf ihm der Brieftäuber von weitem (woher sollte er den Mut nehmen, in seine Nähe zu kommen?) einen Brief zu. Der Kater las ihn so oft, dass er ihn schließlich auswendig konnte. Es war ein trauriger Abschiedsbrief von der Schwalbe Sinhá: »Nie und nimmer kann eine Schwalbe einen Kater heiraten.« Und sie schrieb, dass sie sich nicht mehr treffen dürften. Dafür sagte sie aber auch, die einzige Zeit, in der sie glücklich gewesen sei, seien ihre Streifzüge mit dem Kater durch den Park gewesen. Und sie schloss mit den Worten: »Immer deine Sinhá.«

Sie hatte geschworen, ihn nicht wiederzusehen. Aber wie ich schon sagte und hier wiederhole: Auf den Schwur einer Schwalbe darf man nichts geben. Wieder gingen sie auf Streifzüge durch den Park, besuchten die Winkel, die sie im Frühling entdeckt hatten. Nur dass sie jetzt kaum miteinander sprachen, es war, als trennte sie ein unsichtbarer Vorhang.

So verbrachten sie den ganzen Herbst, eine graue Zeit, in der die Bäume nach und nach ihre Blätter abwarfen und der Himmel sein Blau ablegte. Da der Gestreifte Kater nun wieder gefürchtet war und erneut abgesondert von allen anderen lebte, erfuhr er auch nicht, dass bei der Schwalbe zu Hause sechs Webspinnen an der Aussteuer der jungen Braut arbeiteten. Die Hochzeit des Herrn Nachtigall mit der Schwalbe Sinhá war für den Beginn des Winters angesetzt.

Am allerletzten Tag des Herbstes, einem feuchten, nebligtrüben Tag, durch den ein vor Kälte schluchzender Wind zog, wünschte die Schwalbe sich, noch einmal zu all den Plätzen zu gehen, die sie im Frühling und Sommer liebgewonnen hatten. Sie war merkwürdig gesprächig und laut, zärtlich und überaus kokett, als hätte sich plötzlich der Vorhang geöffnet, der sie von dem Gestreiften Kater trennte, als wäre auf einmal die Distanz überwunden, die sich zwischen ihnen aufgetan hatte. Sie war wieder die alte, leicht übermütige Schwalbe Sinhá wie im Frühling und Sommer, und der Gestreifte Kater schaute sie bewegt an.

Sie spazierten umher, bis die Nacht kam. Da sagte sie zu ihm, dies sei das letzte Mal gewesen, bald würde sie den Herrn Nachtigall heiraten, denn eine Schwalbe, ach!, eine Schwalbe dürfe keinen Kater heiraten. Wie schon früher einmal flog sie in rasantem Flug dicht über ihn und berührte ihn mit dem linken Flügel – dies war ihre Art zu küssen –, aber dieses Mal konnte er das kleine Herz der Schwalbe nicht schlagen hören, es klopfte nur ganz schwach. Durch die Lüfte flog sie davon und sah sich kein einziges Mal um.

DIE ZEIT DES WINTERS

Eigentlich müsste dies ein langes Kapitel sein, denn der Winterbeginn war eine leidvolle Zeit. Aber wozu von traurigen Dingen reden, wozu von den Gemeinheiten des Gestreiften Katers erzählen, dessen Augen vor lauter Grau schon fast finster waren? Davon sprachen die Briefe der Parkbewohner, Briefe, die der Brieftäuber in andere, weit entfernte Parks trug. Die Nachrichten drangen bis zu dem fernen Schlupfwinkel der Klapperschlange, und selbst sie erbebte vor Angst. Von der Gemeinheit des Katers berichteten sie, aber auch von seiner Einsamkeit. Nie wieder, hieß es, hatte der Gestreifte Kater mit irgendjemandem gesprochen. Die Vorstellung, in so großer Einsamkeit zu leben, ging der Teerose richtig nahe, sie säuselte dem Jasminbusch, ihrem neuesten Liebhaber, zu: »Der Ärmste! So einsam zu sein, so gar nichts in dieser Welt zu haben …«

Aber da irrte die Teerose, wenn sie meinte, der Gestreifte Kater sei vereinsamt und habe gar nichts mehr auf der Welt. Ganz im Gegenteil – er lebte in einer Welt voll süßer Erinnerungen an schöne Stunden, Gedanken an frohe Augenblicke. Ich will nicht behaupten, dass er glücklich war und nicht litt. Wohl litt er, aber noch war er nicht verzweifelt, noch zehrte er von dem, was die Schwalbe ihm gegeben hatte. Traurig war er, das ja, denn zum Glücklichsein genügt es nicht, von Erinnerungen an die Vergangenheit zu zehren, dazu braucht man auch Zukunftsträume.

Eines Tages, an dem eine milde Wintersonne schien, fand die Hochzeit der Schwalbe mit dem Herrn Nachtigall statt. Es gab ein großes Fest mit Champagner und einer Tafel voll süßer Leckereien. Die standesamtliche Trauung wurde bei der Braut zu Hause begangen, der Hahn als Standesbeamter hielt eine temperamentvolle Rede über die Tugenden und Pflichten einer guten Ehefrau, insbesondere über die Treuepflicht gegenüber dem Mann. Über die Treue des Mannes zur Frau verlor er kein Wort. Er war Moslem und kein Heuchler; alle wussten ja, dass der

Hahn Don Juan de Rhode Island einen Harem besaß. Die kirchliche Trauung fand im Orangenbaum statt, der bildschönen Kapelle des Parks. Hochwürden Pater Aasgeier war eigens von weit her aus einem Kloster gekommen, um die kirchliche Zeremonie zu zelebrieren. Der Papagei diente als Küster, und am Abend trank er sich einen Rausch an. Der Aasgeier hielt eine bewegende Predigt. Die Mutter der Schwalbe vergoss viele Tränen.

Als die Hochzeitsgesellschaft in flatterndem Schwarm die Kapelle verließ, entdeckte die Schwalbe den Kater in seinem Winkel. Wie sie es anstellte, weiß ich nicht, aber es gelang ihr, im Flug ein Blütenblatt von ihrem Brautstrauß roter Rosen auf ihn fallen zu lassen. Der Kater legte es sich auf die Brust, wie ein Blutstropfen sah es aus.

Damit diese Geschichte ein fröhliches Ende nehmen könnte, müsste ich das Fest beschreiben, das die Eltern der Schwalbe Sinhá am Abend gaben. Vielleicht auch ein paar von den Anekdoten erzählen, mit denen der Papagei die Gäste unterhielt. Sämtliche Bewohner des Parks waren gekommen, nur der Gestreifte Kater nicht. Die Morgenfrühe beschrieb dem Herrn der Zeit das Fest in aller Ausführlichkeit, berichtete in Einzelheiten über die Kleider, die Schlemmereien, die Tafel voll süßer Leckereien, die Dekoration des Raumes. Aber dies alles kann der Leser sich nach Lust und Laune unbeschränkt selbst ausmalen. Ich will nur noch erwähnen, dass das Orchester der Vögel gefühlvoll spielte und dass seine melodischen Klänge bis zu dem Gestreiften Kater drangen, der einsam im Park saß. Nun gab es keine Zukunft mehr, mit der er seinen Traum von der unmöglichen Liebe hätte nähren können. Sternlos war die Nacht über dem Hochzeitsfest der Schwalbe Sinhá. Nur ein rotes Blütenblatt leuchtete auf seinem Herzen, wie ein Tropfen Blut.

DIE STERNLOSE NACHT

Die Musik tat ihm im Herzen weh. Ein Hochzeitslied für ein Brautpaar, für den Gestreiften Kater ein Grabgesang. Er ergriff das Rosenblatt, warf einen letzten Blick auf den Park, über dem der Winter sich ausgebreitet hatte, und machte sich langsam auf den Weg. Er wusste von einem Ort in weiter Ferne, wo nur die Klapperschlange lebte, die in keinem Park und auf keinem Feld geduldet war. Der Kater schlug die Richtung ein, die über schmale Pfade zu dem Kreuzweg am Ende der Welt führt.

Als er am Hochzeitshaus vorüberging, sah er das Brautpaar herauskommen. Die Schwalbe sah ihn auch und erriet, wohin er unterwegs war. Da kullerte etwas vom Himmel auf das Blütenblatt, das der Kater in der Pfote hielt. Auf dem Blutrot des Rosenblattes erglänzte das Licht einer Träne der Schwalbe Sinhá. Sie leuchtete dem Gestreiften Kater auf seinem einsamen Weg in die sternlose Nacht.

Hiermit endet die Geschichte, die die Morgenfrühe vom Wind gehört und dem Herrn der Zeit erzählt hat. Sie bekam die versprochene blaue Rose. An manchen Frühlingstagen steckt die Morgenfrühe sich diese blaue Rose aus alten Zeiten auf ihr leuchtendes Kleid, und dann sagt man, es ist ein wunderschöner, strahlendblauer Morgen.

AMEN (schloss der Papagei)

Paris, im November 1948

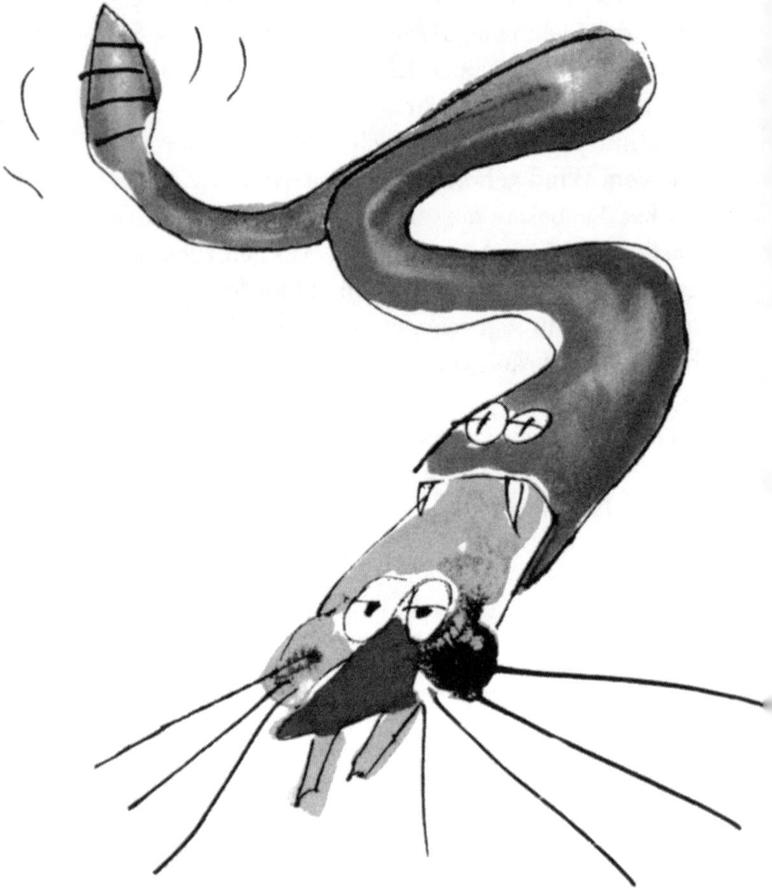

EVA DEMSKI

DER DICHTER UND DIE TIERE

»... in allertiefster Vergangenheit, als die Tiere noch sprechen konnten ...« – mit diesem Märchenton lockt uns Jorge Amado in seine Geschichte, wir lassen uns willig führen und geraten in etwas lang Vergessenes: in eine Fabel. Warum sich Dichter heutzutage nur noch so selten in Tiere verwandeln, weiß ich nicht. Aber Äsop und La Fontaine haben ihrem brasilianischen Nachfahren wunderbar die Feder geführt, und wir Leser begegnen den beseelten Elementen, der Morgenfrühe, dem Wind und ganz von fern auch dem, der alles lenkt: dem Herrn der Zeit. Ihm wird die Geschichte erzählt, die Liebesgeschichte zwischen dem Gestreiften Kater und der Schwalbe Sinhá.

Es ist eine Geschichte, die einen oft in die Irre führt. Anders als bei den pädagogischen Fabeln, wo wir uns im Raben, im Fuchs oder in der Ameise sofort erkennen und deswegen in uns gehen sollen, spiegeln wir uns in Amados Tieren nur scheinbar – wir sind alle und keins und übrig bleibt die kleine Traurigkeit, die uns ergreift, wenn die Unvollkommenheit der Schöpfung uns nicht mehr über unsere

Vergänglichkeit hinwegtrösten kann. »Der Kater schlug die Richtung ein, die über schmale Pfade zu dem Kreuzweg am Ende der Welt führt.«

Aber das kommt ganz zum Schluss, und vorher finden wir in Amados wunderbaren und komischen Sätzen alle Wirrungen der Liebe, der Eifersucht und der Lüge, ein wenig über Eitelkeit, und das alles eingebettet und sachte verändert durch die Jahreszeiten: die wahren und die des Lebens.

In Amados Heimat, im Nordosten Brasiliens, gibt es keine Jahreszeiten, nur Hitze oder Gewitter, zwischen Überfluss und Fäulnis bleibt keine Zeit für den langsamen Abschied. In der verrücktesten Kirche der Stadt Salvador do Bahia haben die Engel tragische Gesichter, bei Regen spült es Fußgänger steile Straßen hinunter wie Papierfetzen, aus den Ruinen barocker Häuser wachsen riesige Bäume. Auf den Straßen verkauft man Stoffsäckchen mit Liebeszauber und tausend Verfluchungsmittel, und die Heiligen haben Heidengesichter. Es ist eine von den Nachfahren afrikanischer Sklaven geprägte Stadt, eine wilde Mischung aus Candomblé und Katholizismus, eine grellfarbige Welt.

Von ihrem Hintergrund – und Jorge Amado gilt unter den brasilianischen Autoren als der, der diese Farben am besten und schönsten einzusetzen wusste – hebt sich die Geschichte vom Kater und der Schwalbe ab, sie ist ein Pastell, melancholisch und zart. Paris ist nicht genannt, aber im Paris des November 1948 schließt die Fabel, und der verzauberte

Park, in dem Amado uns herumführt, könnte der Jardin de Luxembourg sein, in dem ja schon andere Tiere wie ein gewisser weißer Elefant zu Hause waren.

Wer ist nun der Gestreifte Kater? Amado war ein großer Katzenfreund, ein »K«, wie sein Kollege T. S. Eliot ihn genannte hätte, der die Menschen in »K's« und »Nicht-K's« einzuteilen pflegte. Sein »Old Possums Katzenbuch« war knapp zehn Jahre vor der Geschichte vom Gestreiften Kater erschienen, und wie Amado hatte auch Eliot eine gewisse Zeit in Paris verbracht. Amados mürrischer, von katerigem Größenwahn erfüllter, einsamer, seine Mit-Tiere herzlich verachtender vagabundierender Kater hätte sich mit dem kätzischen Personal Eliots gut vertragen. Der Gestreifte ist enttäuscht von der Welt, auch wenn sie sich als Park zeigt. Andererseits hält er sich für schön, ja, sogar für schlank, und hat keine Ahnung davon, wie unbeliebt er ist. Die Hennen lehren ihre Küken, ihm aus dem Weg zu gehen, und eine Guave (die Bäume hat sich Amado aus seiner Heimat ausgeliehen, auch ein Brasilholzbaum und Brotfruchtbäume wachsen im Pariser Park), die in ihn verliebt ist, meidet er schmählich, weil sie sich seinetwegen ihre Knubbel hat wegoperieren lassen. Gerade derentwegen hatte er sie besucht, weil es sich an ihnen so gut schubbern ließ!

Der Autor vergnügt sich nicht nur in seiner Fabel, sondern er verteilt kleine Spitzen gegen die Welt des Luxus und der Moden. Außerdem bricht er fröhlich immer wieder mit den Regeln des Erzählens, fällt sich selber ins Wort, macht höhnische kleine Reverenzen vor dem Literaturbetrieb und – ich kann's nicht anders sagen: hat spürbaren Spaß beim Schreiben.

Damals war Jorge Amado knapp vierzig, Kommunist, engagierte sich schreibend für die kleinen Leute und gegen Ausbeutung und Menschenverachtung, die sich in der ersten Hälfte des letzten Jahrhunderts blutig über fast die ganze Erde ausgebreitet hatten. Die Geschichte vom Kater und der Schwalbe scheint mir wie ein dichterisches Sich-Erholen, ein sanftes, etwas spöttisches Divertimento. Gerade für so genannte engagierte Autoren ist dergleichen, glaube ich, überlebensnotwendig. Denn: Kann Literatur die Welt verändern? Ach, die schreckliche alte Frage! Amado hat leidenschaftlich daran geglaubt, es ist aber sehr schwer, die Zweifel daran immer und immer wieder zu verscheuchen. Deswegen muss man sich Nebenwege suchen, kleine poetische Fluchten. Und so wird der Dichter zum Kater und verliebt sich in eine Schwalbe, das Symbol der Freiheit. Aber die Freiheit ist eben auch flatterhaft und höhnisch, jeder schreibt Gedichte für sie und will sie heiraten. Sie aber? Erst einmal liebt sie niemanden und lässt sich nur kurz nieder, wo es ihr gerade passt! Ein unschuldiges Gemüt, aber ganz und gar unzuverlässig!

Die Tiere des Parks, zu denen auch eine Hornlose Kuh und allerlei Hühner gehören (die wir eher auf einem Bauernhof vermuten würden, aber so ist nun mal die Dichtung), die Tiere bilden das Begleitorchester für die unmögliche Liebe zwischen Kater und Schwalbe, zwischen Realismus und Fantasie.

Amado war ein Emigrant, der wusste, wie trügerisch die Schönheit von Vaterländern ist, wenn sie zur Beute geworden sind. Das ist die Quelle seiner Traurigkeit, aus ihr trinkt auch der Gestreifte Kater.

In Salvador do Bahia begegnet man immer wieder Tieren, mystischen und mächtigen, Opfertieren und Göttertieren. In einem kleinen Regionalmuseum wird die Geschichte Salvadors in Gestalt eines Teppichs aufbewahrt, einer Patchwork-Arbeit von einem Figurenreichtum, der eines Hieronymus Bosch würdig wäre. Die merkwürdigsten Tiere tummeln sich darauf. Ich weiß nicht, ob Amado den gekannt hat, anzunehmen ist es. Dieser Teppich ist eine verrückte Arche Noah auf vielleicht zwei Quadratmetern, eine Arche Noah ist auch der Park, in dem unter den Genannten noch ein Theologie studiert habender Papagei, die bekannte weise Eule und eine mystische Schlange leben. Fabeln dürfen das: den Löwen zum Lamm bringen oder eben den Kater zur Schwalbe.

Aber leider kann diese Liebe nicht einmal im Märchen sein. Das liegt nicht an dem schrecklich schlechten Sonett, zu dem der Kater, milde gerügt von seinem Alter Ego, dem Dichter (»schließlich ist dies hier kein Poesiealbum!«), sich hinreißen lässt. Es liegt daran, daß jede gute Fabel am Ende unmerklich der Wirklichkeit näher rückt. Aus dem Frühling müssen wir in die sternenlose Nacht des Herbstes. Und wie es eben im Leben und seinen Jahreszeiten zugeht, gibt es keine Erlösung. Kein glückliches Leben bis ans selige Ende dürfen wir erhoffen, sondern wir erleben einen langen, halbherzigen und qualvollen Abschied der beiden, die zueinander nicht kommen können. Es wird Winter im Leben des Katers, die Schwalbe Sinhá ist davongeflogen und hat einen gewissen Herrn Nachtigall geheiratet, den wir gar nicht kennengelernt haben.

Winter: Das ist das Alter. Der Kater wird gemeiner und gemeiner, alle Welt hasst ihn, und er verachtet alle Welt. Winter: Das ist Einsamkeit. Musik und Gelächter gibt es nur für die anderen, und jeder fröhliche Ton, der von weit her zu hören ist, tut weh. Da helfen auch die Erinnerungen ans Glück nichts mehr.

Jorge Amado malt am Schluss seiner Fabel ein dunkles Bild vom Vergehen der Zeit. Unbarmherzig wirft er uns aus dem Park des Lebens, die Bäume sind kahl, wir frieren, und der Wind weht uns davon.

Aber halt – ganz am Schluss kommt's dann doch noch anders – vielleicht! Wieder unterbricht sich der Autor – »Aber dies alles kann sich der Leser unbeschränkt selbst ausmalen« – und meint damit nicht nur die Vogelhochzeit in all ihrer Pracht, sondern überhaupt das Ende der Geschichte. Wir, die Leser, müssen einen Ausweg aus der sternenlosen Nacht des Alters, des Winters und der Einsamkeit suchen, und wir können das auch. Allerdings dürfen wir uns von der Illustration nicht verwirren lassen, die den Kater im Maul der bösen Schlange verschwinden lässt! Vielmehr könnte man sich denken, dass am Ende des Weges, von dem die Morgenfrühe dem Herrn der Zeit erzählt hat, erst einmal der Beginn einer großen Freundschaft kommt: Schlange und Kater, zwei meist schlecht gelaunte Einzelgänger, zwei Realisten halt, passen doch besser zusammen als Kater und Schwalbe. Und für die beiden großen Einsamen hält der Herr der Zeit gewiss die blaue Rose eines schönen Morgens bereit.

ZU DIESER AUSGABE

Der Schriftsteller Jorge Amado wurde am 10. August 1912 in Pirangi bei Itabuna/Brasilien geboren und ist am 6. August 2001 in Salvador do Bahia gestorben.

Die brasilianische Erstausgabe seiner Erzählung *Der Gestreifte Kater und die Schwalbe Sinhá* erschien 1976 unter dem Titel *O Gato Malhado e a Andorinha Sinhá: Uma História de Amor* bei Editora Record, Rio de Janeiro. Der vorliegende Text folgt der Ausgabe: Jorge Amado, *Der Gestreifte Kater und die Schwalbe Sinhá. Eine Liebesgeschichte*. Aus dem brasilianischen Portugiesisch von Karin von Schweder-Schreiner. Mit Illustrationen von Carybé. Benziger Verlag, Düsseldorf und Zürich 2002 © 2002 Patmos Verlag GmbH & Co. KG, Düsseldorf.

Der agentinischstämmige und als Brasilianer naturalisierte Maler, Bildhauer und Illustrator Carybé, eigentlich Hector Julio Páride Bernabó, wurde am 7. Februar 1911 im Lanús geboren und ist am 2. Oktober 1997 in Salvador gestorben. Seine farbig angelegten Illustrationen schmückten die brasilianische Erstausgabe des *Gestreiften Katers*.

Die Übersetzerin Karin von Schweder-Schreiner, geb. 1943 in Posen, hat in Mainz und in Lissabon studiert und mehrere Jahre in Brasilien gelebt. Sie erhielt zahlreiche Übersetzerpreise und übertrug u. a.

Werke von Lídia Jorge, Manuel Puig, Joao Ubaldo Ribeiro und Jo Soares.

Die Schriftstellerin Eva Demski, geboren 1944 in Regensburg, lebt in Frankfurt am Main. Ihr Werk wurde vielfach ausgezeichnet. Ihr jüngster Roman *Das siamesische Dorf* erschien 2006 im Suhrkamp Verlag. Sie hat für die vorliegende Ausgabe des *Gestreiften Katers* das Nachwort verfasst.